ELINA RAMÍREZ

Cuando florecen los almendros

SPANISH NOVELLA FOR INTERMEDIATE LANGUAGE LEARNERS

A GRIPPING TALE WITH GLOSSARIES IN ENGLISH

ISBN: 978-952-94-9024-0 (softcover)
ISBN: 978-952-94-9012-7 (hardcover)
ISBN: 978-952-94-9013-4 (EPUB)
Published by Elina Ramírez, 2024
Cover design by Vadebooks
Proofreading in Spanish by Núria Masdeu Traducciones
First Edition: May 2024

TABLE OF CONTENTS

INTRODUCTION

My passion for Spanish began at a young age, sparked by discovering my parents' old Spanish Linguaphone course from the sixties when I was just eight years old. By the time I was twenty, I had taken a leap to study Spanish in Spain, a journey that would profoundly influence my life.

A few years ago, I made a pivotal decision to leave behind the comfort of a stable job, feeling overwhelmed by stress and burnout. It was a daunting leap into the unknown but, in hindsight, it was undeniably the right choice. This decision led me to live a simpler life, trading financial security for freedom and a slower pace.

Living in Spain, I found inspiration to combine my personal experiences with my passion for teaching Spanish. Having previously taught Spanish to high school students and adults, I understood the challenges learners face and the importance of engaging, accessible learning materials. Language learners often strive to achieve fluency, a goal that hinges on vocabulary acquisition. Reading offers one of the most effective methods for expanding one's lexicon, yet finding suitable material can be a challenge. Native-level books can be too complex and lengthy for learners, hindering comprehension and motivation.

Choosing the right book is crucial. It should not only be suitable for your language level but also align with your interests. When you're captivated by the content, learning becomes effortless, as comprehension naturally improves through immersion in the story.

I hope you'll find enjoyment and fulfilment in reading my novella, crafted to meet these criteria. The story is accompanied by an English glossary to aid comprehension of unfamiliar words and expressions. While predominantly written in the present tense, other tenses are used to reflect natural language usage, ensuring a well-rounded learning experience.

When you read the book, focus on grasping the overall meaning from context, rather than getting bogged down by individual words or grammar. Remember, you can always study specific words and grammar later, perhaps during subsequent readings for deeper understanding. But for the first time, allow yourself to flow with the narrative, letting the language be absorbed intuitively.

In the words of my yoga teacher, "notice but don't analyse."

Elina

Cuando florecen los almendros

1.

En el cerro elevado de Cartagena, esculpido en la roca del monte, está el Teatro Romano, un testamento de la historia grande.

Por encima del teatro los cipreses, testigos silenciosos de épocas pasadas, alzan sus copas hacia el cielo. Desde este lugar sagrado la mirada se dirige hacia el mar y las montañas lejanas.

Anna siente el suave calor de la piedra bajo la mano. Los últimos rayos del sol acarician la cávea, cuya forma redonda encierra en los brazos.

Las piedras hablan a aquellos dispuestos a escuchar.

Nueve meses antes

En un autobús que recorre la ciudad Anna se sujeta al asiento y siente la familiar sensación de ansiedad. Es su primer día de vuelta al trabajo después de un año sabático. Por cada manzana que pasa se le aprieta más el nudo en el estómago. A medida que se acerca la última parada, una ola de inquietud la golpea tan fuerte que casi la sofoca.

Cuando el autobús se detiene finalmente, el pulso se le acelera. Está indecisa sobre si bajarse y tomar el siguiente autobús de regreso a casa. Siente el aire denso y le cuesta respirar. Solo con pensar en volver a la rutina, al estrés, se abruma.

Se baja con el corazón martillando en el pecho. Cada paso hacia la oficina parece ser uno más lejos de su libertad.

Cuando llega, sus colegas y su jefe van a saludarla y quedan boquiabiertos al ver la transformación en su aspecto físico, más delgado y radiante. Lleva un traje de color crema y elegantes accesorios de plata. Con su largo cabello castaño y ojos verdes se ve muy guapa.

Al empezar con la rutina laboral, Anna se enfrenta a la realidad: hay mucho trabajo y tiene que aprender nuevos sistemas informáticos. A pesar de tener su propio despacho y una carrera de más de dieciséis años como gerenta de proyectos en una empresa internacional, la carga emocional la lleva a un punto de quiebra.

Sentada frente al ordenador, toma una decisión radical. Se da cuenta de que no puede seguir con una vida que la agobia. Decide afrontar la situación y se dirige a su jefe para anunciarle su renuncia.

—Hola, David, necesito hablar contigo.

—Claro, Anna. ¿Qué pasa?

—Creo que no quiero volver a esta vida de estrés. Me siento tan abrumada que no puedo seguir. Lo siento mucho.

—¡Qué me dices! No puedes estar hablando en serio. Has trabajado aquí durante mucho tiempo.

—Sí, lo sé, pero necesito un cambio. Gracias por todo, pero me voy.

—¿Estás segura? ¿Qué te ha pasado durante tu año sabático? ¡No puedo creer que estés renunciando así!

—He pensado mucho. Quiero dedicar mi energía a algo que me llene realmente. No puedo seguir sacrificando mi bienestar por un trabajo que me consume.

David suspira y comenta:

—Eres una pieza fundamental en nuestro equipo. No quiero perder a alguien tan valioso. ¿Hay algo que pueda hacer para que reconsideres tu decisión?

—Lo aprecio mucho, David, pero esta decisión es firme. Espero que lo entiendas.

Con este paso audaz Anna se despide de sus colegas y se va. Entonces la realidad la golpea mientras camina por las calles de Helsinki. Aunque se siente aliviada, se enfrenta a la incertidumbre ante el futuro. La libertad, aún desconocida, es su nueva aliada.

GLOSSARY

CERRO (m.)
hill

ALZAN
rise, lift

COPA (f.)
top

LEJANO/-A (m./f.)
distant

SUAVE (m./f.)
soft

ACARICIAN
caress

CÁVEA (f.)
cavea (tiered seating in an ancient Roman theatre)

DISPUESTO/-A (m./f.)
willing, ready to

SUJETA
holds onto

MANZANA (f.)
block (in the context of a city block)

NUDO (m.)
knot

OLA (f.)
wave

INQUIETUD (f.)
anxiety

SE DETIENE
stops

CUESTA
it's difficult

SE ABRUMA
gets overwhelmed

QUEDAN BOQUIABIERTOS
are amazed, speechless

DESPACHO (m.)
office (as in a personal office)

PUNTO DE QUIEBRA (m.)
breaking point

LA AGOBIA
overwhelms her

AFRONTAR LA SITUACIÓN
to face the situation

RENUNCIA (f.)
resignation

BIENESTAR (m.)
well-being

SUSPIRA
sighs

VALIOSO/-A (m./f.)
valuable

AUDAZ (m./f.)
bold

ALIVIADO/-A (m./f.)
relieved

INCERTIDUMBRE (f.)
uncertainty

ALIADO/-A (m./f.)
ally

2.

Hace cuatro semanas que Anna vive en Cartagena. Cada día se levanta temprano y sale a pasear por su encantador casco antiguo. Le gusta mucho recorrer las estrechas calles empedradas y descubrir nuevos barrios. A veces entra en una cafetería para disfrutar de una bebida caliente. Caminando observa los detalles de los edificios antiguos, que cuentan historias a través de sus fachadas.

Vive en el corazón de la ciudad. Su apartamento, aunque pequeño, es bonito con su suelo hidráulico original, puertas y ventanas de madera. Los pocos adornos que tiene revelan su amor por el arte. No tiene prisa, ya lo decorará poco a poco.

Lo más especial es el balcón que da al Teatro Romano. Desde allí tiene una vista increíble a ese monumento histórico. Por las mañanas toma el café mientras observa cómo despierta la ciudad y, por las noches, el recinto iluminado crea un ambiente mágico. Los sonidos se mezclan con la impresionante arquitectura antigua. El balcón es su rincón favorito, donde puede sumergirse en la historia y experimentar la diversidad cultural que la rodea.

Se siente agradecida por la oportunidad de vivir en España. Aunque echa de menos su país natal, Finlandia, se siente feliz aquí.

Va al trabajo caminando por la calle Mayor, una animada vía en el centro. El sol ilumina las coloridas fachadas de los edificios creando una escena pintoresca. Disfruta del bullicio matutino. Pasa por establecimientos que comienzan a abrir sus puertas. Los aromas de pan recién horneado y café recién hecho flotan en el aire, la tientan a hacer una breve parada para disfrutar de un desayuno rápido.

Trabaja en un pequeño estudio de arte donde exponen y venden productos locales.

Las paredes blancas muestran las obras de artistas y van desde pinturas expresivas hasta esculturas detalladas. Hay productos regionales como cerámicas, textiles y joyería artesanal, cada uno con su estilo único.

Una mesa grande invita a los visitantes a hojear libros de arte. Afuera, a la entrada, Anna ha colocado una mesita con dos sillas. Cuando está sola en el estudio aprovecha para sentarse allí con una taza de café, y dibuja o lee un libro. Ocasionalmente ofrece café también a quienes entran. El estudio tiene un ambiente cálido y hospitalario para la gente que comparte su interés por el arte y la creatividad.

GLOSSARY

ENCANTADOR/-A (m./f.)
charming

RECORRER
to explore

EMPEDRADO/-A (m./f.)
cobbled

FACHADA (f.)
facade

SUELO HIDRÁULICO ORIGINAL (m.)
original hydraulic tile floor

RECINTO (m.)
enclosure

SUMERGIRSE
to immerse oneself

RODEA
surround

BULLICIO (m.)
hustle and bustle

MATUTINO/-A (m./f.)
morning

RECIÉN HORNEADO
freshly baked

LA TIENTAN
tempt her

HOJEAR
to browse

APROVECHA
takes advantage of

CÁLIDO/-A (m./f.)
warm

COMPARTE
share

3.

Al instalarse en su nuevo hogar, la simplicidad se ha convertido en su nueva filosofía de vida. Con un modesto apartamento y un sueldo mínimo, ha descubierto la belleza de vivir con menos. Las mañanas comienzan con tranquilidad, sin la obligación de despertarse con el estridente sonido del despertador. En lugar de correr para llegar al trabajo, se permite disfrutar de largos paseos y cafés matutinos que se extiendan sin prisas.

Cuando el dinero es escaso, cada euro invertido se vuelve una elección consciente. Ha escapado de la espiral del materialismo y encontrado un equilibrio entre el trabajo y el ocio, entre la necesidad y la verdadera felicidad. En su estudio cada pincelada es un acto de liberación, un recordatorio de que la vida puede ser más que solo cumplir con expectativas ajenas.

Los días tranquilos y las conversaciones con la gente se han vuelto tesoros más valiosos que cualquier posesión material. Anna ha encontrado su camino hacia una vida más significativa, donde la sabiduría de existir supera con creces la simple supervivencia.

GLOSSARY

AL INSTALARSE EN
as she settles in

HOGAR (m.)
home

SE HA CONVERTIDO
has become

SUELDO (m.)
salary

HA DESCUBIERTO
has discovered

ESTRIDENTE (m./f.)
strident

ESCASO/-A (m./f.)
scarce

INVERTIDO/-A (m./f.)
invested

ELECCIÓN (f.)
choice

PINCELADA (f.)
brushstroke

RECORDATORIO (m.)
reminder

SOLO CUMPLIR CON EXPECTATIVAS AJENAS
just fulfilling others' expectations

TESORO (m.)
treasure

SIGNIFICATIVO/-A (m./f.)
meaningful

SABIDURÍA (f.)
wisdom

SUPERA
surpasses

CON CRECES
by far

SUPERVIVENCIA (f.)
survival

4.

Un día Anna decide romper el hielo y conocer mejor a sus vecinos. Como en su cultura la repostería es una forma común de compartir y establecer relaciones, decide hacer sus famosas galletas con chispas de chocolate para llevarles algunas. Entusiasmada por sorprenderlos con sus habilidades culinarias, se pone manos a la obra. Prepara una deliciosa receta y las coloca en una bonita caja. Luego va de puerta en puerta repartiéndolas. Sin embargo, cuando los vecinos abren y las ven, no reaccionan como Anna esperaba. En lugar de una cálida bienvenida, hay expresiones de sorpresa y miradas extrañas. En especial, uno de su misma planta muestra perplejidad, como diciendo: «¿Quién es esta loca que va por ahí regalando cosas a desconocidos?».

Por esa reacción Anna se da cuenta de que en España tal vez no es tan normal compartir dulces de esa forma. Aunque solo quería ser amigable, entiende que las costumbres son diferentes y decide aprender una mejor manera de conocer a sus vecinos.

GLOSSARY

ROMPER
to break

REPOSTERÍA (f.)
pastry

FORMA (f.)
way

CHISPAS DE CHOCOLATE (f. pl.)
chocolate chips

ENTUSIASMADO/-A (m./f.)
excited

HABILIDAD (f.)
skill

SE PONE MANOS A LA OBRA
she gets to work

COLOCA
places

REPARTIÉNDOLAS
distributing them

EXTRAÑO/-A (m./f.)
strange

MUESTRA
shows

PERPLEJIDAD (f.)
bewilderment

DESCONOCIDO/-A (m./f.)
stranger

SE DA CUENTA
realises

5.

Al día siguiente, al despertarse, Anna se siente mal. Tiene dolor y está muy cansada. Aunque suele levantarse temprano, hoy le cuesta mucho. Se da cuenta de que tiene síntomas de resfriado y decide quedarse en casa para recuperarse.

Después de haber pasado dos días en cama, leyendo y descansando, comienza a notarse inquieta. Necesita tomar un poco de aire fresco. Se cambia de ropa y sale a la calle.

Al bajar las escaleras, se encuentra con el vecino que la había mirado extrañado cuando le llevó las galletas. Se llama Juan. Anna se avergüenza un poco, pero como quiere practicar su español decide coger el toro por los cuernos y saludarle. Tal vez ni siquiera recuerde el incidente de las galletas.

—¡Hola! ¿Qué tal?

—¡Hola! Tu nombre era Anna, ¿verdad? ¿Cómo estás?

—Bien, gracias. He estado un poco enferma, pero ya me he recuperado. Ahora voy a caminar y disfrutar del buen tiempo.

—¡Qué bien! ¿Y has estado preparando algo últimamente? —pregunta él sonriendo.

«Genial», piensa Anna, «obviamente no lo ha olvidado».

—No, lo he dejado por ahora. —Se sonroja.

—No, no lo dejes, tus galletas estaban deliciosas de verdad. ¿Has probado ya la comida española?

—Sí, he probado algunas cosas muy ricas. ¿Me recomiendas algo en especial?

—Pues hay un restaurante aquí cerca que hace una paella estupenda. ¿Sabes?, este domingo voy a comer allí con unos amigos. ¿Te gustaría venir?

—¡Sí, me encantaría! Gracias por invitarme.

—De nada. Estoy seguro de que disfrutarás.

—Seguramente. Nos vemos el domingo entonces.

—¡Vale! ¡Hasta luego!

—¡Hasta luego!

GLOSSARY

SUELE LEVANTARSE
usually gets up

RECUPERARSE
to recover

COMIENZA A NOTARSE
starts to feel

INQUIETO/-A (m./f.)
restless

SE AVERGÜENZA
is embarrassed

CUERNO (m.)
horn

ÚLTIMAMENTE
lately

SE SONROJA
blushes

NO LO DEJES
don't stop

6.

El domingo se encuentran en la puerta del edificio. Anna está un poco nerviosa porque todavía no conoce bien a Juan y menos a sus amigos. Sin embargo, se relaja pronto porque parece muy simpático. Van juntos al restaurante.

—Es uno de los locales más emblemáticos de aquí. Lleva abierto casi cien años —le cuenta Juan.

—¿De verdad?

—Sí, tiene mucha historia.

Una vez allí, los recibe una encantadora y familiar atmósfera. Tiene decoración modernista de principios del siglo pasado. Las paredes con fotografías antiguas y el aroma de platos tradicionales españoles crean ese cálido ambiente.

Hace mucho viento, y el camarero, un señor mayor vestido con una chaqueta impecable, les ha preparado una mesa larga dentro del local. Los amigos de Juan ya están allí. Juan les presenta a Anna y todos la saludan. En total son ocho personas.

Comienzan la comida con raciones compartidas de tapas tradicionales. El plato principal, por supuesto, es la paella. El camarero trae una paellera humeante llena de una deliciosa mezcla de arroz, azafrán, verduras y una variedad de mariscos. Mientras disfrutan de ella, el camarero se acerca.

—¿Cómo están encontrando la paella?

—¡Riquísima! —exclaman todos.

—Me alegra que les guste.

La mujer sentada al lado de Anna le pregunta:

—Entonces ¿cuánto tiempo llevas viviendo aquí?

—Menos de dos meses.

—¡Ah, sí, tan poco! ¿Y hasta ahora qué te parece Cartagena?

—Me encanta. La historia, la cultura, ¡y la comida, por supuesto!

—Sí, Cartagena tiene un encanto especial.

El camarero regresa.

—¿Les gustaría probar alguno de nuestros postres caseros?

—¡Claro que sí! ¿Qué nos recomiendas? —pregunta Juan.

Escuchan los que hay y piden una selección de tartas para compartir entre todos. Mientras las degustan, Juan le dice a Anna:

—Oye, después de esto vamos a ir a otro lugar cercano para tomar algo. ¿Vienes?

Anna agradece la invitación, pero decide declinar.

—Gracias, pero creo que voy a volver a casa, todavía tengo algunas cosas que hacer para el lunes.

—Entiendo, no hay problema. Ha sido genial que hayas querido venir.

Después de dar las gracias otra vez y despedirse, Anna se va. Le gusta conocer y estar con gente, pero con grupos grandes se cansa, especialmente si todos hablan un idioma que aún no domina bien. Está contenta por la agradable tarde que ha pasado, pero también ansiosa por un poco de tranquilidad y descanso.

GLOSSARY

LLEVA ABIERTO
it has been open

RACIÓN (f.)
portion

POR SUPUESTO
of course

PAELLERA (f.)
paella pan

HUMEANTE (m./f.)
steaming

MEZCLA (f.)
mixture

AZAFRÁN (m.)
saffron

DEGUSTAN
taste

GENIAL (m./f.)
great

DOMINA
masters

7.

Anna está sentada en el balcón. Es tan diminuto que apenas cabe una silla, pero le encanta. Hay algunas plantas en macetas y el sol lo ilumina por las tardes. Tiene una taza de té y está dibujando el panorama, el Teatro Romano, como suele hacer a menudo. El sol brilla suavemente y los colores de los edificios antiguos resaltan en el paisaje. Anna disfruta de la tranquilidad y la vista cada vez que se sienta aquí. Mientras toma el té, se sumerge en su dibujo para capturar la belleza del momento.

Suena el teléfono y la interrumpe. Se levanta para contestar. Es Juan, que pregunta si puede pasar a llevarle un libro. Se trata de una edición escolar de *Don Quijote*. Juan sabe que a Anna le gusta Cervantes porque lo había mencionado en el restaurante. Piensa que ella podría empezar a leer en español con esa versión más sencilla. Anna se lo agradece y le dice que sí, que estaría encantada de tener el libro.

Juan llama a la puerta y se lo da. Es una hermosa edición antigua ilustrada con tapas duras. Los colores son suaves y difuminados. Juan le cuenta que hay una pequeña librería de antigüedades en el centro con muchos libros así. Anna dice que le gusta mucho Cervantes por su rico lenguaje y las maravillosas expresiones que utiliza. Juan asiente.

—«En un lugar de la Mancha, de cuyo nombre no quiero acordarme...» —dice.

—¡Oh, eso es el comienzo!

Juan sigue:

—«Más vale la pena en el rostro que la mancha en el corazón». Uno de mis refranes favoritos. Es bueno, ¿no?

—Sí, las expresiones de Quijote son tan únicas…

—Totalmente de acuerdo. ¡Hay tanta sabiduría en esas palabras! Cervantes era un genio.

—Sin duda. Gracias por el libro. Empezaré a leerlo enseguida.

—De nada. Disfrútalo. Si tienes alguna pregunta sobre el español, estaré encantado de ayudarte.

—¿Te gustaría tomar algo?

—Me encantaría, pero tengo algunos compromisos pendientes.

—Pues hasta luego entonces y ¡gracias de nuevo por el libro!

—¡Hasta luego!

GLOSSARY

DIMINUTO/-A (m./f.)
tiny

CABE
fits

PLANTA (f.)
plant

MACETA (f.)
pot

SUAVEMENTE
gently

RESALTAN
stand out

PAISAJE (m.)
landscape

CADA VEZ QUE
every time

SENCILLO/-A (m./f.)
simple

TAPA (f.)
cover

DIFUMINADO/-A (m./f.)
blurred

ASIENTE
nods

PENA (f.)
shame, grief

ROSTRO (m.)
face

MANCHA (f.)
stain

REFRÁN (m.)
saying

TOTALMENTE DE ACUERDO
totally agree

SABIDURÍA (f.)
wisdom

GENIO (m.)
genius

COMPROMISO (m.)
commitment

PENDIENTE (m./f.)
pending

8.

Es miércoles. Anna se está preparando para ir al trabajo. Se da una ducha rápida, se pone unos pantalones de lino beis y una camisa blanca bordada. No usa maquillaje, solo se peina un poco, se pone un collar plateado sencillo y su anillo de plata comprado en un monasterio griego, y se va. Luego baja por la calle hacia un local no muy grande con un toque bohemio, que está cerca de su casa. Tiene sillas viejas que no son todas iguales, mesas con superficies desgastadas, paredes de cemento de color ocre y un hermoso suelo antiguo rojo y blanco. Ya hay mucha gente tomando algo y charlando.

Anna entra y Carlos, el camarero, la ve:

—¿Un cortado?

Ya sabe lo que Anna va a pedir.

—¡Hola! Sí, por favor.

—Aquí lo tienes. ¿Cómo te va?

—Gracias, estoy un poco cansada pero bien. ¿Y tú?

—Lo de siempre, ocupado aquí, pero bien. ¿Alguna novedad?

—No mucho, la rutina habitual. Pero siempre es un placer venir aquí y tomar un buen café.

—Nos alegra verte. Disfruta tu cortado.

Anna lo agradece y se va a una mesa, sintiéndose acogida en ese rincón familiar.

Mientras se toma el cortado, llega Juan y la ve. Se acerca.

—Hola, me pido uno y vuelvo enseguida.

Anna lo observa de pie en la barra y piensa que va realmente guapo con sus vaqueros azul oscuro y una camisa de manga larga impecable. Lleva zapatos elegantes de cuero marrón que parecen hechos a mano. Luego vuelve.

—¡Hola! ¿Cómo estás?

—¡Hola! Bien, ¿y tú?

—Regular, con bastante trabajo. Por cierto, no creo que sepas a qué me dedico. Soy arquitecto.

—¿En serio? Suena fascinante. Me encanta la arquitectura de aquí.

—Pues ¿qué te parece si algún día damos un paseo por el centro y te enseño algunos de los edificios más interesantes?

—¡Me parece maravilloso! Me encantaría. Cartagena tiene tantos edificios increíbles...

—Venga, sí, entonces cuando tengamos tiempo, lo planeamos y hacemos un recorrido arquitectónico.

—¡Genial, gracias!

Son las siete de la tarde y Anna regresa a casa después del trabajo. El edificio es tan viejo que no tiene ascensor. Las paredes son de un hermoso tono mate rosado desgastado. Los balcones tienen barandas de hierro forjado y azulejos con patrones en la base inferior. Anna se enamoró de aquel edificio a primera vista. Vivir en un edificio antiguo implica algunas incomodidades, pero ella es una esteta y considera que la belleza supera la incomodidad. Al menos, eso es lo que pensaba hasta ahora.

Al entrar se da cuenta de que el suelo de la cocina está inundado. Horrorizada, no sabe qué hacer. El agua proviene de algún lugar de debajo del fregadero. No conoce a ningún fontanero y decide llamar al dueño del apartamento.

—¿Sí?

—Hola, buenas tardes. Soy Anna Tammilehto y vivo en su apartamento del Teatro Romano.

—Hola. Dime, ¿en qué puedo ayudarte?

—Mire, lo llamo porque se me ha inundado la cocina. Necesito ayuda urgente porque sale agua y está todo el suelo mojado. No sé qué hacer.

—Oh, vaya, lo siento mucho. Trataré de ayudarte. ¿Has visto de dónde sale el agua?

—Parece que de debajo del fregadero, pero no sé cómo solucionarlo.

—Entiendo. Voy a enviar a alguien para que lo arregle. Mientras tanto, intenta cerrar la llave de paso del agua.

—¡Gracias! Voy a hacerlo ahora mismo. ¿Cuánto tiempo cree que tardarán en venir?

—Haré lo posible para que sea cuanto antes. Lamento las molestias.

Anna consigue cerrar la llave de paso. Intenta secar el suelo con trapos mientras espera la ayuda. Afortunadamente el fontanero llega pronto. Una junta de la tubería se ha roto. Por suerte no es una avería grave y se arregla rápidamente.

Cuando el fontanero se va, Anna prepara una taza de té de menta. Ha encontrado una preciosa tetera en una tienda marroquí donde a menudo compra especias y dátiles. Está hecha de esmalte y decorada con rosas pintadas a mano. Aunque no es antigua, tiene un encantador toque de épocas pasadas.

Abre las puertas del balcón y, al mirar a la calle, ve a Juan saliendo del edificio con una hermosa mujer. Anna se pregunta quién será. No sabe si Juan está casado o tiene novia.

Entonces se da cuenta de que piensa en él con bastante frecuencia. Se sorprende de hacerlo casi durante todo el día. No puede evitar sentir una curiosidad creciente. A pesar de intentar no darle mucha importancia, su mente parece regresar una y otra vez a los momentos que han compartido juntos. Se pregunta sobre sus gustos y quiere saber más sobre su vida.

GLOSSARY

LINO (m.)
linen

BORDADO/-A (m./f.)
embroidered

COLLAR (m.)
necklace

LOCAL (m.)
place

TOQUE (m.)
touch

DESGASTADO/-A (m./f.)
worn

CORTADO (m.)
espresso with a small amount of milk

NOVEDAD (f.)
news

ACOGIDO/-A (m./f.)
welcomed

MANGA (f.)
sleeve

CUERO (m.)
leather

RECORRIDO (m.)
tour

BARANDA (f.)
railing

HIERRO FORJADO (m.)
wrought iron

AZULEJO CON PATRONES (m.)
patterned tile

INCOMODIDAD (f.)
inconvenience

ESTETA (m./f.)
art-lover

SUPERA
surpasses

AL MENOS
at least

INUNDADO/-A (m./f.)
flooded

FREGADERO (m.)
sink

FONTANERO/-A (m./f.)
plumber

DIME
tell me

MOJADO/-A (m./f.)
wet

MIENTRAS TANTO
meanwhile

CUANTO ANTES
as soon as possible

LAMENTO
I'm sorry

MOLESTIA (f.)
inconvenience

CONSIGUE
manages

TRAPO (m.)
rag

JUNTA (f.)
joint

TUBERÍA (f.)
pipe

GRAVE (m./f.)
serious

TETERA (f.)
teapot

ESPECIA (f.)
spice

DÁTIL (m.)
date

ESMALTE (m.)
enamel

CRECIENTE (m./f.)
growing

A PESAR DE
despite

MENTE (f.)
mind

GUSTO (m.)
taste

9.

Ya es noviembre, pero los días aún son cálidos. No se ve ni una sola nube en el cielo. Anna está en el estudio organizando obras de arte y productos locales con gran satisfacción.

De repente, el familiar tintineo de la campana de entrada anuncia a un visitante. Anna levanta la vista y, para su sorpresa, es Juan.

—¡Hola! ¿Cómo estás?

—¡Hola! Bien, gracias. ¿Qué te trae por aquí?

—Solo pasaba por la zona y pensé en saludarte. Además, tenía una idea que quería compartir contigo.

—¿Quieres tomar un café? Podemos sentarnos fuera.

Anna prepara dos tazas y sale.

—¿Y cuál es esa idea?

—Bueno, recuerdo que hablamos sobre un paseo por el centro para mostrarte algunos de los edificios interesantes de Cartagena. Pensé que podríamos hacerlo pronto.

—¡Oh, sí, me encanta! ¿Cuándo?

—Pues ¿qué te parece este fin de semana? Podemos comenzar el recorrido desde aquí.

—¡Perfecto! Suena genial.

El tan esperado sábado ha llegado y Anna está ansiosa por el paseo con Juan. Trabaja por la mañana y han quedado en el estudio después de su jornada laboral a las dos y media.

Se encuentran por la tarde y empiezan el recorrido. Juan le muestra varios edificios y le explica la rica historia de Cartagena, con sus diversas épocas históricas, desde el legado púnico y romano hasta las influencias bizantinas e ilustradas y cantonales. Le cuenta que fue durante el bombardeo de tropas en 1873, en la Revolución cantonal, cuando se destruyó gran parte de la ciudad. Después la reconstruyeron.

—Hoy Cartagena es una de las ciudades con más edificios modernistas en España y gran parte de esa herencia se la debemos al Gaudí de Cartagena: Víctor Beltrí —explica.

Caminando por la calle Mayor Juan toma como ejemplo la Casa Cervantes. Le describe a Anna su arquitectura, donde la fachada presenta miradores blancos de madera y ornamentos con motivos florales y vegetales, creando una auténtica joya modernista.

Señala que la Cartagena actual es como un museo urbano con sus obras repartidas por las calles principales, y su muestra más representativa es el Mercado de Abastos, construido en 1901 por Beltrí.

Luego continúan su paseo hasta llegar a un pequeño solar bastante cerca de donde viven. Parece un poco abandonado, con solo un par de arbustos al fondo. Anna comenta que quedaría bonito si se lo cuidara.

—Tienes razón.

—¿Y si lo convertimos en un oasis urbano? —sugiere.

—Pero necesitaríamos el apoyo de los vecinos.

—¡Podríamos diseñar un proyecto!

Juan asiente.

—Buena idea, pero primero tendríamos que averiguar si el terreno es de la ciudad o de algún propietario, y hablar con los vecinos para ver si están interesados. Después podríamos hablar del tema en la reunión del barrio.

Así regresan a casa, planeando el futuro del solar abandonado. Anna está muy feliz por la idea de convertirlo en un huerto urbano con la ayuda de todos.

Mientras caminan, el sol comienza a ponerse, bañando la ciudad en tonos cálidos. Se siente el aroma de la comida en el aire. Se despiden en la entrada del edificio con la promesa de seguir trabajando en la idea.

Anna sube a su apartamento con una sensación de anticipación y satisfacción. Sabe que ese nuevo proyecto podría no solo embellecer la zona, sino también fortalecer los lazos entre los residentes.

GLOSSARY

TINTINEO (m.)
tinkling

CAMPANA (f.)
bell

LEGADO (m.)
legacy

INFLUENCIAS BIZANTINAS E ILUSTRADAS
Byzantine and Enlightenment influences

BOMBARDEO (m.)
bombing

TROPA (f.)
troop

HERENCIA (f.)
heritage

SOLAR (m.)
plot of land

ARBUSTO (m.)
bush

APOYO (m.)
support

ASIENTE
nods

AVERIGUAR
to find out

HUERTO (m.)
orchard

EMBELLECER
to beautify

FORTALECER
to strengthen

LAZO (m.)
bond

10.

En la quietud de la mañana Anna se despierta con la primera luz que se cuela por las rendijas de las viejas puertas de madera del balcón. Devota del amanecer, se levanta con ella, que le anticipa la promesa de un nuevo día. En lugar de al casco antiguo, decide ir al monte Atalaya, una loma cercana.

Antes abre el balcón y deja entrar el fresco aire y el suave murmullo de la ciudad que despierta. Hace una serie de movimientos fluidos, un saludo al sol que ha perfeccionado con el tiempo. Aunque no practica yoga, encuentra en esos gestos una conexión con la energía renovadora del día que comienza.

Con la serenidad del ritual, Anna se abstrae en sus pensamientos mientras saborea el primer sorbo de café. La paleta de colores pastel pinta al cielo antes de la salida triunfal del sol. En esos momentos de calma se siente en armonía con el mundo que la rodea, lista para enfrentar lo que le traerá el día.

Pasa por el barrio de la Concepción y comienza la ascensión por un camino asfaltado que la lleva hasta el castillo de Atalaya.

Al llegar arriba, el paisaje es asombroso. Contempla la impresionante panorámica de Cartagena y sus alrededores, el monte Galeras, San Julián, la sierra minera de La Unión, Roldán, La Muela, Peñas Blancas y las lejanas sierras de Murcia. Se sienta en una roca un momento antes de regresar.

Cuando llega a casa, en la puerta principal, se encuentra con una señora mayor que tiene problemas con su carrito de la compra.

—¡Hola! ¿Necesita ayuda?

—¡Oh, sí, gracias, joven! Este carrito parece tener vida propia.

—No se preocupe, le ayudo con gusto. Vive en este edificio, ¿no?

—Sí, en el primer piso. Normalmente mi hijo me hace la compra, pero hoy trabaja en el mar, así que me las arreglo como puedo.

—Entiendo. Soy Anna, del tercer piso. Mucho gusto.

—Encantada. Soy Mercedes. ¿De dónde eres?

—De Finlandia, pero llevo un par de meses viviendo aquí. Si alguna vez necesita ayuda, no dude en decírmelo.

—¡Eres muy amable! Te lo agradezco mucho.

GLOSSARY

QUIETUD (f.)
stillness

SE CUELA
filters

RENDIJA (f.)
crack

DEVOTO/-A (m./f.)
devotee

AMANECER (m.)
dawn

LOMA (f.)
hill

MURMULLO (m.)
murmur

GESTO (m.)
gesture

RENOVADOR/-A (m./f.)
renewing

SE ABSTRAE
abstracts

SABOREA
savours

SORBO (m.)
sip

ENFRENTAR
to face

ASCENSIÓN (f.)
ascent

ASOMBROSO/-A (m./f.)
amazing

11.

Pasada una semana, es una fresca mañana de otoño y Anna va al mercado de Santa Florentina, como suele hacer cada martes. Santa Florentina es de esos mercados de nuestra infancia donde, en cuanto entras, te invaden todos los sentidos los colores de los productos, los olores de los encurtidos y las mojamas y, sobre todo, el gusto, porque todavía puedes probar las delicias de muchos puestos antes de comprarlas. Quedan pocas joyas de ese tipo.

Saliendo del edificio, ve a Mercedes unos pasos por delante.

—¡Buenos días!

—¡Buenos días, Anna! ¿También vas al mercado? —le pregunta Mercedes con alegría.

—Sí, es mi cita semanal con los colores y sabores de Cartagena —responde riendo.

—¡Ay, qué maravilla! Mi hijo sigue de pesca, así que voy sola, pero me arreglo.

—Bueno, pues hoy no irás sola. ¿Te importa si vamos juntas? Será más divertido y, además, dos pares de brazos ayudan más que uno.

Caminan observando la ciudad que despierta alrededor. Al llegar, van primero a un puesto de fruta.

—¡Hola, Encarna! ¿Cómo va eso hoy?

—¡Hola, Mercedes! Todo en orden, ¿y tú?

—¿Me pones tres kilos de naranjas, porfa?

—¡Claro, Mercedes! Aquí los tienes, tres kilos de naranjas bien frescas. ¿Algo más?

Luego se van a otros puestos para seguir comprando más fruta y verdura.

De regreso a casa, Mercedes propone sentarse a tomar un chocolate caliente y churros. A Anna le encanta la propuesta y buscan una churrería. Mientras toman el chocolate espeso y los churros crujientes, Mercedes le cuenta cosas de su vida con un toque de nostalgia en la voz.

—¿Sabes?, mi marido falleció hace unos años. Ahora mi hijo sigue con la tradición y es pescador como él. Vive en Santa Lucía, cerca del puerto donde nací yo y solíamos vivir todos.

Cuando salen de la churrería Anna ayuda a Mercedes a tirar del pesado carrito hasta su casa. Luego sube a su piso y coloca las verduras en la nevera, y deja algunas frutas en un cuenco de madera. Echa un vistazo al reloj y se da cuenta de que es hora de irse al trabajo. Se cambia de ropa y se marcha.

Es un día normal en el estudio, no sucede nada especial. No hay muchos clientes, pero a Anna le encanta estar allí. Y después de trabajar vendrán pequeños artistas porque es el día en que enseña pintura a un grupo de niños. Esto es algo que disfruta de verdad. Los niños, con su ingenuidad y falta de autocrítica, le recuerdan la esencia pura del arte. En sus pinturas tienen una libertad creativa que la fascina.

Hoy, como siempre en la clase, les da un lienzo en blanco y una paleta de colores vibrantes: rojo, azul, amarillo, verde y naranja. Les explica que van a crear un paisaje y los anima a usar la imaginación.

Los niños comienzan a mojar los pinceles en los colores brillantes. En el ajetreo y la diversión se escuchan risas y preguntas. «¿Cómo se hace el color morado?» o «¿Qué pasa si mezclo el amarillo con el azul?». Con los delantales salpicados de pintura, crean obras llenas de vida. Se pueden ver paisajes de colinas verdes, cielos azules brillantes y flores de un rojo muy vivo.

Al acabar la clase, Anna observa satisfecha las creaciones de los niños. Con sonrisas radiantes, ellos se despiden y se las llevan. Anna recoge los pinceles y los restos de pintura. Apaga las luces del estudio y cierra la puerta, contenta con el día.

De camino a casa, algo le llama la atención. Aunque el día ya se transforma en noche, aún hay luz en el horizonte. Un resplandor cálido emana de un local y Anna se detiene para ver de qué se trata.

Resulta ser un espacio donde se organizan diversas actividades, entre ellas, yoga. Sintiéndose un poco tímida, decide entrar. Dentro un hombre la saluda con una sonrisa gentil. Anna le pregunta qué tipo de yoga practican y él le explica que enseña yoga consciente. Le pregunta si ha practicado yoga antes, a lo que ella responde que nunca en un grupo. Él le cuenta que el yoga es para todos, sin importar la condición física o la edad. Añade:

—El yoga consciente va más allá de la postura bonita. Es una manera de vivir en la que nos permitimos conectar con nuestra esencia, dirigirnos hacia ese estado en el que queremos habitar, un estado de quietud mental, de armonía, de paz interior donde todo está en calma.

Eso suena muy interesante y, además, el instructor de yoga tiene una presencia muy tranquila que le gusta. Cuenta que tienen clases de lunes a viernes, por la mañana o por la tarde, según el día. Anna agradece la información y dice que lo pensará. Sin embargo, está muy interesada y se siente tentada a probarlo.

GLOSSARY

ENCURTIDO (m.)
pickle

MOJAMA (f.)
salted fish

CITA (f.)
appointment

RIENDO
laughing

PUESTO (m.)
stand

PORFA
please (slang)

CHURRERÍA (f.)
churro shop

ESPESO/-A (m./f.)
thick

FALLECIÓ
passed away

CUENCO (m.)
bowl

INGENUIDAD (f.)
innocence

LIENZO (m.)
canvas

ANIMA
encourages

AJETREO (m.)
hustle

DIVERSIÓN (f.)
fun

DELANTAL (m.)
apron

SALPICADOS DE PINTURA
paint-splattered

VA MÁS ALLÁ
goes beyond

12.

La semana ha pasado y Anna no ha visto a Juan ni una sola vez. La pregunta sobre su ausencia le ronda la mente y decide entrar en el café cercano antes de ir al trabajo con la esperanza de encontrarlo. Allí, sumida en el libro que le regaló Juan, de repente oye una voz familiar por detrás:

—¡Hola! Hace tiempo que no te veo.

Al girar la cabeza ve a Juan, una sorpresa que le hace latir el corazón un poco más rápido.

—¡Hola, Juan! Sí, ha pasado un tiempo —responde con una sonrisa, dejando que sus ojos se encuentren con los de él.

Juan ve el libro y señala:

Es el que te regalé. ¿Qué te parece? ¿Puedes leerlo en español?

—Sí, entiendo bastante. Creo que es porque he leído el Quijote en finlandés y, de verdad, en español es aún más hermoso que en mi lengua materna.

Juan asiente, interesado.

—Me alegra que lo estés disfrutando. ¿Tienes algún fragmento favorito?

Anna saca del bolso una libreta.

—Sí, he estado anotando mis frases favoritas. Por ejemplo: «¿Qué locura o desatino me lleva a contar las ajenas faltas, teniendo tanto que decir de las mías?». Es como mi máxima, algo que intento seguir, aunque casi siempre fracaso —confiesa mostrándole el cuaderno.

Él sonríe.

—Es una buena elección. Y ¿cómo te va todo?

Anna le habla sobre su semana y después dice:

—¿Sabes? Me he preguntado por qué la gente aquí mantiene las persianas bajadas incluso cuando ya no hace calor.

Juan sonríe de nuevo.

—Bueno, en España somos bastante celosos de nuestra privacidad.

Anna se sorprende ligeramente.

—Me parece muy extraño. En Finlandia tenemos las persianas subidas cuando no hace calor. Queremos mucha luz en nuestras casas. Además, no nos importa mucho si alguien ve lo que hacemos.

—Para mí eso sí suena raro.

—Bueno, si piensas que vamos a la sauna desnudos, las persianas bajadas no son nada en comparación con eso.

—¡No me digas! ¿Estás hablando en serio?

—Sí, así es.

—¡Increíble! Supongo que cada cultura tiene sus peculiaridades.

Después de la charla sobre las persianas, Anna señala algo más.

—También he notado que aquí la gente no invita a los amigos a casa para tomar algo, sino que siempre se encuentran en bares. ¿Es cierto? ¿Y por qué?

Juan asiente y explica:

—Sí, es correcto, y es por la misma razón que lo de las persianas.

Anna, con curiosidad, continúa:

—Es muy diferente en Finlandia. Es muy común ir a casa de los amigos y siempre se ofrece café u otra bebida.

Entonces, con una risa, cuenta algunas costumbres finlandesas. Una de ellas se llama *tupatarkastus,* que significa que cuando alguien te visita, no lo hace solo para tomar café en la sala de estar, sino que espera que le muestres toda la casa. Describe cómo, ya al llegar, comienzan a mirar por encima del hombro hacia otras habitaciones, esperando la pregunta: «¿Te gustaría ver la casa?». Y, por supuesto, todos quieren.

Juan ríe a carcajadas.

Anna cuenta otra costumbre: quitarse los zapatos al entrar. A veces la anfitriona dice amablemente que «puedes dejarte los zapatos puestos si quieres», pero Anna asegura que no, que no lo dice en serio, tienes que quitarte los zapatos. Juan encuentra todo eso muy divertido y sigue riendo mientras Anna le habla de más excentricidades culturales de su tierra natal.

El tiempo parece volar y, de repente, se dan cuenta de que deben irse al trabajo. Antes de despedirse, Juan dice:

—Ah, por cierto, la próxima semana habrá una reunión de vecinos. ¿Qué te parece proponer nuestro plan para el huerto urbano?

Anna asiente con entusiasmo y deciden hacerlo.

—Perfecto, nos vemos la próxima semana entonces. —Juan se levanta.

Anna lo ve marcharse y se siente un poco desilusionada porque se da cuenta de que no lo verá antes de la reunión. Admite que siente algo más que una simple amistad hacia él, aunque intuye que su interés es simplemente como un vecino amable y cortés hacia una extranjera. No obstante, caminando hacia el trabajo, vislumbra una pequeña chispa de esperanza. ¿Habrá notado, quizás, algún atisbo de interés en sus ojos durante la charla?

GLOSSARY

AUSENCIA (f.)
absence

LATIR
to beat

¿QUÉ LOCURA O DESATINO ME LLEVA A CONTAR LAS AJENAS FALTAS, TENIENDO TANTO QUE DECIR DE LAS MÍAS?
What madness or nonsense makes me speak of the faults of others, when there is so much to be said about my own?

MÁXIMA (f.)
maxim, fundamental principle

PERSIANA (f.)
blind

INCLUSO
even

CELOSO/-A (m./f.)
jealous

LIGERAMENTE
slightly

TUPATARKASTUS (WORD IN FINNISH)
"bunk inspection in the military"

RÍE A CARCAJADAS
laughs loudly

DESILUSIONADO/-A (m./f.)
disappointed

INTUYE
senses

NO OBSTANTE
nevertheless

VISLUMBRA
glimpse

CHISPA (f.)
spark

ATISBO (m.)
hint

13.

La luz de la habitación es agradable y hay un suave aroma a sándalo quemado. Anna está sentada en una esterilla con las piernas cruzadas. Enfrente hay un Buda. Además de Anna, hay solo tres personas: dos mujeres y un hombre. Junto a ella está una señora mayor, quizás de unos setenta y cinco años, con el pelo corto gris y una cara amigable. La atmósfera es muy tranquila.

La clase comienza con Raúl, el instructor, presentando a Anna porque es su primera vez. Luego hay algunos movimientos de relajación y calentamiento, seguidos de posturas más complicadas.

Aunque no son difíciles, requieren bastante fuerza en los músculos. A Anna le tiemblan los muslos y se pregunta cómo demonios sobrevivirá a noventa minutos así. De reojo, observa cómo la señora a su lado está lidiando también con todo eso y, para su sorpresa, parece no tener ninguna dificultad.

Después de algunas técnicas de respiración, llega la parte de la meditación. Al final, el sonido de un cuenco tibetano los devuelve al presente. Se pueden escuchar cláxones de coches fuera y gente hablando en voz alta en algún lugar lejano. Anna se da cuenta de que no había oído ninguno de esos sonidos durante la clase. La sensación es irreal.

GLOSSARY

SÁNDALO (m.)
sandalwood

QUEMADO/-A (m./f.)
burnt

ESTERILLA (f.)
mat

CALENTAMIENTO (m.)
warm-up

SEGUIDOS DE
followed by

POSTURA (f.)
pose

TIEMBLAN
tremble

MUSLO (m.)
thigh

CÓMO DEMONIOS
how the hell

DE REOJO
out of the corner of her eye

LIDIANDO CON
dealing with

RESPIRACIÓN (f.)
breathing

DEVUELVE
brings back

CLAXON (m.)
car horn

IRREAL
unreal

14.

Anna está en el balcón por la tarde cuando ve a Juan llevando algunos bolsos al coche. Luego regresa y vuelve a entrar. Es viernes, evidentemente se está preparando para un viaje. La curiosidad le pica y se pregunta a dónde irá.

Pronto Juan sale de nuevo y esta vez hay una mujer con él que también lleva cosas. Parecen bolsas de compras del supermercado. Es la misma con la que Anna lo vio salir hace un par de semanas. Tienen aproximadamente la misma edad. Su rápida conclusión es que tiene que ser su novia. Se siente frustrada y confundida. Aunque Juan no ha mostrado ningún interés romántico hacia ella, le parece raro que la haya invitado a almorzar y dar un paseo por la ciudad si tiene novia.

La imagen de Juan y la mujer alejándose en el coche le deja un regusto agridulce, pero decide no dejar que eso le arruine la tarde.

GLOSSARY

LA CURIOSIDAD LE PICA
curiosity is getting the better of her

ALEJÁNDOSE EN COCHE
driving away

REGUSTO (m.)
aftertaste

AGRIDULCE
bittersweet

ARRUINE
ruin

15.

La sala de la reunión de vecinos está llena y Anna se siente como un pez fuera del agua. No conoce a nadie y se pregunta si debería hacer algún truco de magia para desaparecer en ese momento. Justo cuando piensa en buscar un lugar estratégico para esconderse, Juan entra y… «¡por el amor de Dios, con la misma mujer otra vez!».

Anna siente un sudor frío que le recorre la espalda. ¡Qué situación tan incómoda! Quiere huir, pero antes de que pueda hacerlo, Juan la ve y la saluda sonriendo desde el otro lado de la habitación. «¡Maravilloso!». Ahora se verá obligada a conocer a su novia y será muy embarazoso.

A medida que Juan se acerca, Anna se prepara mentalmente para el encuentro, pero, para su sorpresa, Juan se detiene frente a ella y dice:

—Anna, esta es mi hermana Marta. Marta, ella es Anna, mi vecina.

«¡Qué alivio!», piensa ella. Marta sonríe amablemente y la saluda.

La sala se llena de murmullos cuando todos toman asiento y comienza la reunión. Juan presenta la idea del huerto urbano, pero para Anna la discusión se convierte en un torbellino de palabras incomprensibles. Todos hablan al mismo tiempo, el volumen de las voces sube y baja y se encuentra perdida en la cacofonía.

Juan, junto con su hermana, defiende la idea por razones ecológicas. Explica cómo más plantas en el centro ayudarían a la biodiversidad y a mejorar la calidad del aire. Mercedes dice que el huerto añadiría belleza y expresa su deseo de cuidarlo y cultivar vegetales. Sin embargo, surgen preocupaciones sobre la cantidad de agua que podría necesitar el proyecto y quién se haría cargo a largo plazo.

La discusión se intensifica y Anna comienza a preguntarse si la propuesta es demasiado complicada.

La reunión termina y Juan, Marta y Anna deciden ir a un bar cercano a tomarse algunas tapas y unos vinos. Juan y Marta le cuentan lo que pasó, ya que no pudo entender mucho debido a su nivel de español. Como también hablan inglés, cambian a ese idioma cuando la conversación se vuelve más compleja. Luego Anna le pregunta a Marta sobre su trabajo.

—¿A qué te dedicas?

—Soy diseñadora de interiores. Trabajo con Juan y sus compañeros. Me encargo de los interiores de los edificios o casas que proyectan. Anna asiente con interés.

—¿Y en qué estás especializada?

—En utilizar materiales ecológicos. Me encanta trabajar con muebles usados y siempre tengo en cuenta la sostenibilidad en todo lo que hago.

En medio de la charla Juan levanta la copa y propone un brindis por nuevas ideas y futuros proyectos. En cuanto al del huerto urbano piensan que tal vez es demasiado complicado y deciden olvidarlo.

GLOSSARY

TRUCO (m.)
trick

ESCONDERSE
to hide

JUSTO
just

¡POR EL AMOR DE DIOS!
for God's sake!

SUDOR (m.)
sweat

RECORRIÉNDOLE
running down

HUIR
to flee

OBLIGADO/-A (m./f.)
forced to

ENCUENTRO (m.)
encounter

ALIVIO (m.)
relief

TORBELLINO (m.)
whirlwind

AÑADIRÍA
would add

SURGEN
arise

PREOCUPACIÓN (f.)
concern

SE HARÍA CARGO
would take charge

A LARGO PLAZO
in the long term

DEBIDO A
due to

VUELVE
becomes

PROYECTAN
they design

TENGO EN CUENTA
I take into account

BRINDIS (m.)
toast

16.

El cálido viento de la tarde acaricia el rostro de Anna. Está en el balcón tomando un té. Es casi finales de noviembre y todavía hace 20 grados por las tardes.

El suelo ya está frío y tiene puestas sus medias de lana, una de las cosas que ha traído de Finlandia.

Está pensando en su relación con Juan. Aunque han pasado bastante tiempo juntos, no sabe mucho de su vida personal. La única información que tiene es que la misteriosa mujer es su hermana, algo que la tranquiliza, pero sigue sin conocer mucho más.

Como Juan había rechazado su invitación para tomar algo en casa, piensa proponer algo diferente. Ha oído hablar de una casa de té árabe, descrita como una maravilla.

Marca el número de Juan con determinación. Cuando le responde, dice:

—¡Hola! ¿Cómo estás?

—¡Hola! Muy bien, gracias. ¿Y tú?

—Aquí, disfrutando del té en el balcón. Estaba pensando y quería preguntarte algo.

—Tú dirás.

—Pues he oído hablar de una casa de té árabe que dicen que es increíble. Está a unos cincuenta minutos en coche desde aquí. ¿La conoces?

—Sí. Es una maravilla de verdad.

—¡Sí! Bueno, quisiera visitarla y pensé que podría ser divertido si fuéramos juntos. ¿Te gustaría?

—Claro. Es una idea excelente. ¿Cuándo?

—¿Qué te parece este fin de semana?, si no tienes otros planes.

—¡Suena bien! Estoy libre el sábado. ¿Te va bien a las tres de la tarde? Es que abren a las cuatro si no recuerdo mal.

—Estupendo. Nos vemos el sábado entonces, ¿vale?

—Perfecto.

—¡Genial! Me alegra que te guste la idea.

—Sí, será divertido. Hasta el sábado. Que tengas una buena tarde.

—¡Tú también!

Anna cuelga con una sonrisa. Está contenta y orgullosa por haber tenido el valor de llamarle. Tiene la esperanza de que esa salida les brinde la oportunidad de profundizar en su relación y, quizás, descubrir si hay un interés mutuo más allá de la amistad.

GLOSSARY

LANA (f.)
wool

HABÍA RECHAZADO
had rejected

CASA DE TÉ (f.)
teahouse

TÚ DIRÁS
you tell me, it's up to you

VALOR (m.)
courage

BRINDE
provides

PROFUNDIZAR
to deepen

17.

Las calles de la ciudad ya están decoradas con luces navideñas, que se encenderán más tarde. Los estantes de los supermercados rebosan de dulces típicos: turrones y polvorones. Anna intenta resistirse a ellos hasta que no empiecen las fiestas, aunque ya ha sucumbido en algunas ocasiones. Los dulces son su debilidad.

Esta vez solo compra ingredientes para la comida del día, verduras y garbanzos.

En casa se da cuenta de que se ha olvidado el perejil y decide ir a preguntarle a Mercedes si tiene un poco para prestarle.

—¡Hola! ¿Qué tal? ¿Tendrás un poco de perejil para prestarme? Se me olvidó comprarlo y lo necesito para la comida.

—¡Hola, Anna! Claro que sí. ¡Espera un momento! —Y al volver con él le pregunta—: ¿Necesitas algo más?

—Gracias. Solo el perejil. ¿Cómo te ha ido el día?

—Pues muy tranquilo. Mi hijo acaba de traerme pescado fresco del puerto. ¿Te gustaría llevarte un poco?

—¡Oh, me encantaría! Pero la verdad es que no sé limpiarlo ni cocinarlo muy bien.

Mercedes ríe.

—No te preocupes. Te enseñaré cómo hacerlo. La cocina murciana tiene sus trucos, ¡pero aprenderás rápido!

Después de una breve lección sobre ello y algunos consejos culinarios, Anna se despide agradecida y con una bolsa llena de pescado fresco y perejil. Luego sigue las instrucciones de Mercedes y tiene bastante éxito. ¡El pescado resulta delicioso!

GLOSSARY

ENCENDERÁN
will light up

REBOSAN
overflow

TURRÓN (m.)
nougat

POLVORÓN (m.)
shortbread cookie

DEBILIDAD (f.)
weakness

GARBANZO (m.)
chickpea

PEREJIL (m.)
parsley

NO TE PREOCUPES
don't worry

ÉXITO (m.)
success

RESULTA
turns out

18.

La mañana siguiente Anna se despierta con mucha energía positiva. El día es claro y fresco. Después del trabajo saldrá con Juan a la casa de té árabe. El sol ilumina las calles decoradas con las luces navideñas y crea un ambiente festivo. La jornada en el estudio de arte transcurre con la misma rutina de siempre y Anna está impaciente por acabar.

Por fin llega la hora y van a la casa de té en el coche de Juan.

El paisaje cambia a medida que se alejan y se adentran en el camino que conduce al lugar. La ciudad queda atrás y las calles, antes amplias, se vuelven más estrechas con cada curva.

Finalmente el camino se convierte en una senda tan angosta que apenas cabe un automóvil. Están en medio del campo, rodeados de naturaleza, y Anna se da cuenta de que encontrar este sitio sin conocerlo sería muy difícil. La casa de té está bien escondida.

Al bajarse del coche, queda inmediatamente cautivada por el hermoso entorno que la rodea. Los ojos se le agrandan de asombro y absorben el maravilloso escenario.

—¡Guau, Juan, este lugar es increíble! No me imaginaba que encontraríamos algo así aquí —exclama.

Él disfruta de la sorpresa que le ha causado.

—Sí, es especial y parte de ese encanto se lo da su misteriosa ubicación. Mucha gente no lo conoce, pero siempre me ha gustado venir aquí para desconectar.

Cuando pasan por los arcos de la entrada, el local se vuelve aún más increíble. Los detalles se revelan gradualmente y cada paso es como sumergirse en un cuento de *Las mil y una noches.* Hay un hermoso y exuberante jardín que atraviesan y encuentran espacios abiertos, laberintos y portales. La luz tenue ilumina los pasillos serpenteantes. Disfrutan del silencio y la atmósfera especial creada por todas las plantas y el agua que fluye en muchas pequeñas fuentes. Tienen la sensación de estar en un mundo aparte.

Siguen y dentro ven salas, escaleras y pasillos, todo con una impresionante decoración estilo mozárabe con ánforas y una gran colección de artefactos moriscos más antiguos. Hay farolillos, cojines, alfombras y otros elementos capaces de transportarte al pasado.

En las salas hay rincones íntimos con velas y lamparitas, pero Anna y Juan prefieren una mesa en el jardín. Con el aroma de las flores y el sonido suave de la música es como un oasis de tranquilidad y belleza.

Piden té y dulces árabes. Mientras esperan, observan a un gato que duerme plácidamente sobre una silla. Un pavo real deambula con orgullo por los jardines. Sus plumas despliegan un espectáculo de colores resplandecientes. Pasa majestuoso, y deja tras de sí destellos de zafiros y esmeraldas.

Traen el té en una tetera de plata, acompañada por tazas de cristal tradicional con delicadas decoraciones. Junto a ellas hay seis dulces, que reflejan el encanto oriental.

—¿Qué tal ese té de menta? Elegiste algo auténtico.

—Sí, me encanta. Y estos dulces ¡son deliciosos!

—Me alegra que te gusten. Pues mira, hay una gallina dando vueltas por nuestra mesa.

—Sí, qué simpática, como una mascota de la casa de té.

—Hablando de cosas inesperadas, Anna, me preguntaba cómo acabaste mudándote a España.

—Bueno, fue después de un tiempo complicado en Finlandia. Estaba muy quemada en mi trabajo y decidí cambiar de vida. Así que vendí mis cosas y me mudé aquí. Quería algo más tranquilo, ¿sabes?

—Vaya, suena a un cambio bastante grande. ¿Por qué escogiste Cartagena?

—Estudié arte en Finlandia durante un año sabático, y como ya había estudiado español durante dos años, quería venir a España. Viajando durante semanas terminé en Cartagena y me enamoré de su belleza, así que aquí estoy.

—Eso es impresionante. Cartagena debe de ser un cambio radical con respecto a Finlandia. ¿Qué te parece la vida aquí?

—¡Me encanta! Por lo menos hasta ahora. Es diferente, pero en el buen sentido. Disfruto de la calma y la sencillez que buscaba.

—¡Vaya, es curioso que hayas pasado de vivir en un país tranquilo como Finlandia a una ciudad bulliciosa en España en busca de paz!

—Sí, lo sé, suena un poco raro, ¿verdad? Pero la tranquilidad de aquí es diferente, más pausada y auténtica.

—Es verdad, la vida aquí tiene un ritmo propio, más relajado. Aunque sea una ciudad, a veces se siente como si estuviéramos en un pueblo pequeño.

—Exacto, eso es lo que me encanta de este lugar. Aunque haya movimiento, existe esta sensación acogedora que hace que todo sea más llevadero.

—Bueno, aquí estamos, disfrutando de nuestro té en medio de la calma murciana. La vida tiene formas extrañas de llevarnos a donde necesitamos estar, ¿verdad?

—Totalmente de acuerdo. A veces, el camino más inesperado es el que nos lleva exactamente a donde pertenecemos. ¿Y tú eres de Cartagena?

No exactamente, soy de una ciudad cercana llamada Lorca.

—¡Ah, entiendo! ¿Cómo fue que terminaste en Cartagena?

—Bueno, después de estudiar arquitectura en Barcelona, conseguí trabajo allí y me vine. Pero mis padres aún viven en un pueblo cerca de Lorca, donde tienen una finca.

—¡Qué interesante! ¿Cómo es el pueblo? Debe de ser muy diferente de la ciudad.

—Sí, es pequeño, tranquilo y está rodeado de campos y montañas. Yo tengo una casa bastante cerca y, cada vez que voy, es como un escape a la serenidad.

—Suena maravilloso. Debe de ser agradable tener un lugar así para desconectar. ¿Vas a menudo?

—Sí, sobre todo los fines de semana, para ver a mi familia y disfrutar de la tranquilidad. Aunque estoy acostumbrado a la vida en la ciudad, siempre encuentro paz cuando regreso a casa.

—Debe de ser un contraste interesante la vida en Barcelona, Cartagena y el ambiente más tranquilo de Lorca.

—Totalmente. Cada sitio tiene sus cosas buenas y malas, pero al final del día creo que Lorca y los pueblos por allí siempre serán mi refugio.

—Es genial tener un lugar así al que llamar hogar. ¿Alguna vez has pensado en volver a tu pueblo natal?

—A veces lo considero, pero por ahora me quedo en Cartagena.

Después de un rato Juan añade:

—Parece que está empezando a refrescar, ¿nos vamos?

—Sí, tienes razón. Gracias por traerme.
—Gracias a ti. ¿Vamos?
—¡Vamos!

GLOSSARY

TRANSCURRE
goes by

ADENTRAN
enter

AMPLIO/-A (m./f.)
wide

ESTRECHO/-A (m./f.)
narrow

SENDA (f.)
path

ANGOSTO/-A (m./f.)
narrow

APENAS
barely

BIEN ESCONDIDO/-A (m./f.)
well hidden

CAUTIVADO/-A (m./f.)
captivated

ENTORNO (m.)
environment

AGRANDAN
widen

ASOMBRO (m.)
amazement

ENCANTO (m.)
charm

UBICACIÓN (f.)
location

ARCO (m.)
arch

CUENTO (m.)
tale

EXUBERANTE (m./f.)
lush

ATRAVIESAN
they walk through

TENUE (m./f.)
dim

SERPENTEANTE (m./f.)
winding

FLUYE
flows

FUENTE (f.)
fountain

MOZÁRABE
Mozarabic

ÁNFORA (f.)
amphora

MORISCO/-A (m./f.)
moorish

FAROLILLO (m.)
lantern

COJÍN (m.)
cushion

PLÁCIDAMENTE
peacefully

PAVO REAL (m.)
peacock

DEAMBULA
wanders

PLUMA (f.)
feather

DESPLIEGAN
unfold

TRAS DE SÍ
behind

DESTELLO (m.)
flash

ZAFIRO (m.)
sapphire

GALLINA (f.)
hen

DANDO VUELTAS
wandering around

ME PREGUNTABA
I was wondering

QUEMADO/-A (m./f.)
burned out

ESCOGISTE
you chose

MÁS LLEVADERO/-A (m./f.)
more bearable

PERTENECEMOS
we belong

19.

La noche ha sido fría y Anna se despierta sintiéndose helada. Se enfunda en sus pantalones de lana merina, dos pares de calcetines también de lana y un grueso suéter de cuello alto antes de prepararse una bebida caliente. Los suelos antiguos son hermosos, pero muy fríos, y comienza a creer que es como si estuviera viviendo en una nevera.

Mientras se abriga para combatir el frío, reflexiona sobre la idea de alquilar un apartamento en un edificio antiguo simplemente por su belleza y por la vista maravillosa. Aunque la estética tiene su encanto, ahora se cuestiona si la elección fue más por lo pintoresco que por lo práctico.

Con el pronóstico de un día soleado, sale a dar un paseo para calentarse en lugar de quedarse allí. Pronto la luz del sol comienza a abrazarla, disipando poco a poco el frío que la envolvía.

Se dirige hacia el puerto, donde la recibe el aroma salado del mar. Los barcos balanceándose suavemente en el muelle y el sonido distante de las gaviotas la llevan de vuelta al de su ciudad natal, donde las olas del lago y el canto de las aves la guiaban en los días de su infancia. La brisa marina en su rostro y el cálido sol de Cartagena se mezclan con los recuerdos frescos de las frías mañanas finlandesas.

A lo lejos divisa el puerto pesquero y decide continuar su paseo hacia Santa Lucía.

Las siluetas de las grúas se dibujan en el cielo. Un hombre mayor está sentado en un banco de piedra, con un bastón de madera en la mano, vestido con una camisa fina, chaleco de lana y sombrero clásico de caballero. El azul profundo del mar se refleja en su cara. A su lado, su compañero leal, un perrito con pelaje rizado y ojos como botones negros, está mirando a la gente pasar.

A pocos metros, en un pequeño banco de arena se bañan tres gorriones, batiendo las alas tiernas y frágiles tan rápidamente que el ojo humano no puede seguir su ritmo. Los rayos del sol se reflejan entre ellas, y así crean luces y sombras sobre la arena de color siena.

Un momento efímero de gracia.

GLOSSARY

SE ENFUNDA
puts on

GRUESO/-A (m./f.)
thick

CUELLO (m.)
neck

ABRIGA
wraps up

COMBATIR
to fight

ELECCIÓN (f.)
choice

PRONÓSTICO (m.)
forecast

ABRAZARLA
embrace her

DISIPANDO
dissipating

BALANCEÁNDOSE
swaying, swinging

MUELLE (m.)
dock, pier

GAVIOTA (f.)
seagull

LAGO (m.)
lake

AVE (f.)
bird

BRISA (f.)
breeze

DIVISA
spots

GRÚA (f.)
crane

BASTÓN DE MADERA (m.)
wooden cane

LEAL (m./f.)
loyal

PELAJE (m.)
fur

RIZADO/-A (m./f.)
curly

BOTÓN (m.)
button

BANCO DE ARENA (m.)
sandbank

GORRIÓN/GORRIONA (m./f.)
sparrow

BATIENDO
beating

ALA (f.)
wing

TIERNO/-A (m./f.)
tender

EFÍMERO/-A (m./f.)
fleeting

GRACIA (f.)
grace

20.

Blanco de China, amarillo indio, rojo transparente, siena tostado, lavanda, azul cerúleo, turquesa de cobalto, verde vidrián, amarillo limón, carmín de alizarina, sombra tostada, ocre y tinta neutra... Todas las pastillas colocadas en una cajita de metal. De manera suelta y espontánea Anna añade un toque de color a su dibujo con acuarela y luego aplica capas delicadas y frágiles creando líneas definidas y detalles precisos.

Mientras está concentrada en su mundo de pintura, la puerta del estudio se abre suavemente y entra Marta, la hermana de Juan. Anna, sorprendida al verla, le da una cálida bienvenida y la invita a que eche un vistazo. Marta, interesada, le cuenta que Juan le había mencionado el lugar y decidió pasar para ver si encontraba algo útil para su trabajo actual en la decoración de una casa.

Anna le ofrece un café, pero Marta prefiere una infusión. Mientras Anna prepara el té, se sientan y comienzan a hablar sobre el trabajo de Marta. Anna, que ya sabe que Marta es especialista en diseños de interiores ecológicos, escucha con interés mientras ella le cuenta más sobre su enfoque.

Le explica que no está interesada en los cuadros en el estudio debido al uso de colores y materiales tóxicos por parte de los artistas, algo que va en contra de sus principios. Sin embargo, confiesa que ha venido a ver si podía encontrar algo que se ajustara a sus criterios. Dice que utiliza materiales reciclados y muebles de segunda mano, y todas las telas que usa son de lana, lino, cáñamo o algo similar.

Anna sabe que en el estudio hay objetos hechos por un artesano local que podrían encajar perfectamente en esa filosofía sostenible.

—Marta, estaba pensando en algo que podría ajustarse bien a esa decoración ecológica que buscas. ¿Te gustaría verlo?

—¡Claro! Me interesa. ¿Qué tienes?

Anna la lleva a la sección del estudio donde están expuestos a la venta.

—Mira esto. Es un tapiz hecho completamente de cáñamo orgánico. Fue tejido a mano por una artesana que trabaja con materiales naturales.

—¡Vaya, es maravilloso! El cáñamo es un material tan versátil y sostenible. ¿Cómo lo consiguió?

—Trabaja directamente con agricultores que cultivan cáñamo así. Este tapiz representa un paisaje y está teñido también con tintes naturales.

—Me encanta. La textura y los colores son hermosos y tiene una belleza sencilla. Creo que podría ser un complemento perfecto para uno de mis proyectos.

—Sí, además, el cáñamo es duradero. Y, por otro lado, apoyarás a los artesanos locales que se esfuerzan por la sostenibilidad.

—Sin duda lo consideraré. Este tapiz es exactamente el tipo de elemento que busco para mis diseños. ¡Gracias!

—De nada.

GLOSSARY

PASTILLA (f.)
tablet

CAJITA (f.)
small box

DE MANERA SUELTA
loosely

AÑADE
adds

CAPA (f.)
layer

ECHE UN VISTAZO
take a look

INFUSIÓN (f.)
infusion, herbal tea

DEBIDO A
due to

ALGO QUE SE AJUSTARA A SUS CRITERIOS
something that fits her criteria

TELA (f.)
fabric

CÁÑAMO (m.)
hemp

ENCAJAR
fit

TAPIZ (m.)
tapestry

TEJIDO A MANO
hand-woven

ESTÁ TEÑIDO/-A (m./f.)
is dyed

TINTE (m.)
dye

DURADERO/-A (m./f.)
durable

21.

Para ahorrar dinero Anna suele llevarse la comida al trabajo, pero hoy ha sido perezosa y no tiene nada. Coloca el cartel de «Cerrado» en la puerta y sale a buscar un bar de tapas.

Después de caminar un buen trecho, se topa con un lugar que parece bueno. Decide entrar, aunque también hay mesas y sillas afuera. Se sienta cerca de la ventana y pide un bocadillo y un café.

Es agradable observar a la gente pasar y escuchar las conversaciones, aunque todavía le resulta difícil seguir el ritmo del habla rápida. Poco a poco va comprendiendo más.

Cuando está a punto de terminar, mira hacia fuera y se sobresalta. «¿Es Juan que viene al bar con una mujer? Sí, lo es». La mujer es impresionante, quizás no exactamente hermosa, pero tiene lo que se conoce como un sentido innato del estilo. Es alta y tiene un corte de pelo muy llamativo. Juan y ella se ven muy bien juntos.

Anna espera que se queden fuera y no la vean, pero luego piensa en cómo va a salir sin que la vean. Podrían estar horas allí y tiene que volver al trabajo.

Se encuentra en una encrucijada, indecisa sobre qué hacer. Decide esperar.

Ellos se acomodan fuera y el camarero les toma nota. La familiaridad que muestran es palpable. Después de que el camarero se va, Anna los ve inmersos en una conversación animada. La mujer sonríe ante alguna ocurrencia de Juan y en ese instante Anna siente una punzada de celos. El instinto femenino le dice que la chica tiene un interés particular en Juan.

Sin más remedio, paga la cuenta y sale. Entonces Juan la ve y el gesto se le ilumina de alegría. Se saludan y Juan la presenta como su vecina finlandesa y señala que la mujer es su colega. Aunque ella esboza una sonrisa, sus ojos destilan frialdad y Anna percibe una antipatía latente.

Juan parece ajeno a la tensión que ha aparecido entre las dos mujeres. Para empeorar las cosas, ingenuo, comparte detalles sobre su reciente visita a la casa de té. La expresión en el rostro de la chica se vuelve aún más helada.

—Sí, fue genial. El té allí es siempre excepcional. Es un local árabe encantador con un ambiente único.

La mujer fuerza una sonrisa.

—Interesante…

—Sí, es un sitio que conozco desde hace tiempo. Anna había oído hablar de él y pensé que sería una experiencia diferente para ella.

—Bueno, espero que la disfrutaras —le dice a Anna con frialdad.

—Sí… Y ¿en qué proyectos estáis trabajando últimamente? —pregunta ella intentando disipar la tensión.

La chica la ignora y se dirige a Juan.

—Creo que deberíamos continuar con nuestra reunión. Hay asuntos importantes que discutir.

—Claro, claro —responde él y se dirige a Anna—. Perdón, nos vemos luego, ¿vale?

—Sí, nos vemos.

Ella fuerza una sonrisa y, muy incómoda, se va y los deja solos. Se aleja sintiéndose muy estúpida.

De vuelta en el trabajo, no puede quitarse de la cabeza aquel encuentro. Se pregunta si entre Juan y su colega hay algo más que una relación profesional. Pero no parece que haya nada oficial, ya que Juan no la presentó como su novia.

Se siente un poco desanimada. Intenta dejar atrás esos pensamientos y empieza a pintar.

GLOSSARY

PEREZOSO/-A (m./f.)
lazy

COLOCA
puts

CARTEL (m.)
sign

UN BUEN TRECHO
a long way

SE TOPA
comes across a

SE SOBRESALTA
is startled

LLAMATIVO/-A (m./f.)
striking, eye-catching

SE ENCUENTRA EN UNA ENCRUCIJADA
is at a crossroads

PALPABLE (m./f.)
palpable, noticeable

PUNZADA (f.)
twinge, pang

CELOS (m.)
jealousy

SIN MÁS REMEDIO
without any choice

ESBOZA UNA SONRISA
crack a smile, force a smile

DESTILAN
exude

FRIALDAD (f.)
coldness

AJENO/-A (m./f.)
unaware

EMPEORAR
to worsen

INGENUO/-A (m./f.)
naive, innocent

HELADO/-A (m./f.)
icy, cold

DESANIMADO/-A (m./f.)
discouraged

22.

Anna observa desde la ventana cómo Juan mete unos bolsos en el coche. Una rutina que parece repetir los viernes y que indica su destino hacia la casa de campo cerca de Lorca, como le contó. Se pregunta si se dirige allí solo o en compañía, tal vez con esa colega que aún le provoca escalofríos solo al pensar en ella.

La posibilidad de visitar esa casa se le pasa por la mente como un deseo lejano. Sin embargo, la realidad se interpone. No puede invitarse a sí misma.

El sábado por la tarde se siente sola y decide ir a Murcia. El viaje le lleva aproximadamente una hora en tren. Todavía no conoce la capital de la región. Hay algunos lugares que quiere visitar. Uno de ellos es el Museo de Santa Clara, donde se conserva una de las albercas árabes más antiguas de España.

Al llegar, se dirige allí directamente. Era un palacio islámico-mudéjar del emir Ibn Hud. Hoy en día, como tantos otros edificios de esa época, sobre él se ha construido un monasterio, el de Santa Clara, que albergaba a las monjas clarisas desde 1365.

Ahora se entrelazan varios siglos de historia y distintas culturas, como la islámica, la gótica y la barroca. Entre sus muros, el museo y las monjas convivían en total armonía.

Anna recibe una cálida bienvenida de la mujer encargada de recibir a los visitantes.

Al entrar, lo primero que ve es un poema escrito en la pared:

Hubo un tiempo,
en el que rechazaba a mi prójimo
si su fe no era la mía.
Ahora mi corazón es capaz
de adoptar todas las formas:
es un prado para las gacelas
y un claustro para los monjes cristianos,

templo para los ídolos
y la Kaaba para los peregrinos,
es recipiente para las tablas de la Torá
y los versos del Corán.
Porque mi religión es el amor.
Da igual,
a dónde vaya la caravana del amor,
su camino es la senda de mi fe.

Ibn Arabi

Es tan poderoso que Anna se conmueve hasta las lágrimas. Luego continúa hacia el patio del palacio y ve lo que ha venido a buscar: la alberca. Este lugar de reposo y descanso de los emires musulmanes brilla como una esmeralda en medio de los arriates con flores, palmeras y cítricos. Las aguas cristalinas reflejan como un espejo la arquitectura del entorno.

En el pórtico, antes del patio, se ve la entrada de un salón del palacio. Dentro de él se conservan las yeserías originales y las bóvedas sobreelevadas.

En el primer piso se encuentra la sala «Tiempos de silencio». Es un museo de arte sacro donde se exhiben las obras de arte de las monjas clarisas. También hay algunas esculturas de Salzillo, el artista más importante de Murcia.

Es un lugar que deja una profunda impresión en Anna. Cumple con todas sus expectativas y aún más.

Sigue el recorrido y cuanto más ve de Murcia, más le gusta. Llega a la plaza del Cardenal Belluga y su belleza le quita el aliento. Admira la catedral de Santa María y el Palacio Episcopal, un magnífico ejemplo del estilo rococó. Entra en la capilla del palacio, una joya del Barroco en su transición al Rococó.

Se detiene a comer en la Plaza de las Flores, una pequeña y hermosa plaza llena de restaurantes y cafeterías. Hay una fuente rodeada por palmeras y en un quiosco se venden flores coloridas.

De regreso a la estación de tren entra en una librería para preguntar si tienen algún libro de Ibn Arabi. Compra uno con escritos y poemas de este místico, poeta y filósofo sufí, nacido en Murcia.

GLOSSARY

ESCALOFRÍO (m.)
shiver, chill

SE INTERPONE
gets in the way

ALBERCA (f.)
pool

MUDÉJAR
Mudéjar (architectural style)

ALBERGABA
housed, accommodated

MONJA (f.)
nun

SE ENTRELAZAN
are intertwined

MURO (m.)
wall

ENCARGADO/-A (m./f.)
person in charge

RECHAZABA
rejected

PRÓJIMO (m.)
neighbour

FE (f.)
faith

PRADO (m.)
meadow

GACELA (f.)
gazelle

CLAUSTRO (m.)
cloister

MONJE (m.)
monk

PEREGRINO (m.)
pilgrim

RECIPIENTE (m.)
container

ARRIATE (m.)
flower bed

YESERÍA (f.)
plasterwork

BÓVEDA (f.)
vault

SOBREELEVADO/-A (m./f.)
raised

LE QUITA EL ALIENTO
it takes her breath away

CAPILLA (f.)
chapel

23.

Un nuevo martes ha comenzado y Anna está fuera del estudio colocando un pequeño árbol de Navidad en la mesa. Desde lejos ve a Juan acercándose con una bolsa de papel en las manos.

Él le cuenta que pasó el fin de semana ayudando a sus padres en la finca y que le trae una botella de aceite de oliva. Le pregunta si lo utiliza y Anna responde que sí, que incluso prepara pasteles con él, y se alegra mucho cuando descubre que es un aceite de primera presión en frío que Juan le trae directamente de la finca de sus padres. Es muy diferente al de los supermercados. Es espeso y verde, y a Anna le encanta. Para ella, es como oro verde. Juan está muy contento con su reacción y le dice que puede traerle más ahora que sabe que le gusta.

Anna le pregunta si tiene tiempo para tomar un café y Juan le contesta sonriendo que siempre tiene tiempo para ello.

Anna ha estado dibujando y pintando y, cuando entran, Juan ve algunos de sus dibujos sobre la mesa. Son de los detalles de las casas antiguas de Cartagena. Los ha hecho con un rotulador y acuarelas.

—¿Qué son? No sabía que fueras tan buena dibujante.

—Sí, son solo bocetos. Es una afición que tengo. Como te conté, estudié arte durante mi año sabático.

—Pero estos son geniales. ¿Cómo los hiciste?

—Encontré un libro electrónico en internet sobre la arquitectura de Cartagena. Tiene fotos de los edificios, los materiales, los colores e incluso las direcciones. He ido a ver casas y he hecho algunos bocetos de los detalles.

—¡Impresionante! No tenía idea. Deberías enseñarlos más, son muy buenos.

Anna sonríe tímidamente.

—Gracias. Es solo una forma de pasar el tiempo y conectar con la belleza de la ciudad.

Después de un rato Juan se despide.

—Bueno, creo que debería volver al trabajo.

—¡Claro! Gracias por pasar a saludar y por el aceite.

Anna está contenta por esos halagos de Juan que, justo cuando se prepara para irse, la sorprende con una propuesta inesperada.

—Oye, estaba pensando... ¿Te gustaría venir a la finca de mis padres? Debo ir pronto para ayudarles otra vez y podrías acompañarme. Así conoces una finca.

Anna se queda momentáneamente sin palabras.

—¡Oh, no esperaba...! ¡Eso suena genial! Sí, claro, me encantaría. ¿Cuándo irás?

—Probablemente este fin de semana. Mis padres siempre tienen algo en que necesitan ayuda, ya sabes cómo es en una finca.

—¡Perfecto! Cuéntame los detalles y estaré lista.

—Estupendo. Te enviaré un mensaje con la información. Será un agradable cambio de ambiente.

—¡Sin duda! Me encanta la idea. Gracias.

Juan se despide con una sonrisa y se va, Anna queda emocionada por la sorprendente invitación. Mientras cierra la puerta, no puede evitar sonreír ante la perspectiva de conocer la finca de sus padres.

GLOSSARY

FINCA (f.)
estate, farm

DESCUBRE
finds out

ESPESO/-A (m./f.)
thick, dense

ROTULADOR (m.)
marker, felt-tip pen

BOCETO (m.)
sketch, draft

AFICIÓN (f.)
hobby, interest

HALAGO (m.)
flattery

24.

Las calles de Cartagena se vuelven más tranquilas a medida que avanza el invierno. De vez en cuando llega un gran crucero al puerto y despliega turistas por toda la ciudad. Esos días Anna está ocupada, pero hoy todo vuelve a la calma. Cada poco tiempo tintinea la campana y alguna persona entra para visitar el estudio. Con el siguiente tintineo se lleva una sorpresa.

Aparece Ramón, el dueño del local. Vive en Madrid y pasa los veranos cerca de Cartagena. Tiene una flor de Pascua en una mano y una bolsa de la panadería en la otra.

—¡Hola, Anna! ¿Cómo estás? Vine a ver cómo va todo por aquí y dejarte estas flores.

—¡Hola, Ramón! Qué sorpresa verte. Todo está bien, gracias. ¡Son unas flores preciosas!

—Me alegra. También te traje algo, que sé que te encantan las napolitanas.

Ella se ríe.

—¡Oh, sabes que no debería! Pero son mi debilidad, ¡muchas gracias!

—No hay de qué. Anda, cuéntame, ¿cómo va todo?

—Bien. Hemos tenido algunos días tranquilos, pero estoy buscando nuevas piezas para mostrar.

—Si encuentras algo interesante, avísame. Siempre estamos buscando cosas nuevas.

Le cuenta a Anna que ha venido a asegurarse de que todo está bien en su casa de verano y pasar unos días allí.

Después del trabajo Anna se dirige al local de yoga. Ha ido algunas veces porque es una actividad que se está volviendo importante para ella.

Algunas posturas todavía son difíciles y sabe que probablemente se vea ridícula, en especial cuando intenta hacer *kakasana*, la posición del cuervo. *Kaka* en sánscrito significa *cuervo*, y *asana* es *postura*. *Kakasana* simula un cuervo al hacer el balanceo de manos con el cuerpo. Es una postura de equilibrio sobre ellas y la primera que se aprende de este tipo, perfecta para principiantes, según dicen. Requiere algo de fuerza en los brazos, pero el truco está en el equilibrio: hay que alinear el cuerpo y activar y accionar fuerzas opuestas. Se enraízan las manos al suelo para tener la base estable y se alarga al cielo desde los glúteos.

Bueno, Anna todavía no se alarga a ningún lado, pero, a pesar de esos pequeños contratiempos, se permite disfrutar del proceso y tomárselo con calma, sabiendo que cada sesión la acerca más a la perfección.

El yoga no solo es una forma de ejercicio, sino también un momento donde puede liberar las tensiones del día y concentrarse en el presente.

Anna tiene un sistema nervioso simpático hiperactivo que le ha causado tensión muscular, insomnio y otros síntomas. Muchas veces esa hiperactividad la lleva a estar en constante alerta, incluso cuando no hay peligro a la vista. Ha notado que el yoga parece aliviarla. Después de la clase siempre se siente relajada, renovada y lista para pasar la noche con tranquilidad.

GLOSSARY

CRUCERO (m.)
cruise ship

DESPLIEGA
deploys, spreads out

TINTINEA
tinkles

FLOR DE PASCUA (f.)
poinsettia

NAPOLITANA (f.)
(chocolate) croissant

AVÍSAME
let me know

CUERVO (m.)
crow

EQUILIBRIO (m.)
balance

ALINEAR
to align

ACCIONAR
to activate

OPUESTO/-A (m./f.)
opposing

SE ENRAÍZAN
are rooted

GLÚTEO (m.)
buttock

CONTRATIEMPO (m.)
setback

ALIVIARLA
to give her relief

25.

El viernes por la tarde, justo cuando Anna está a punto de cerrar el estudio, entra Marta. Le cuenta que ha estado midiendo la habitación donde planeaba colocar el tapiz de cáñamo que le había mostrado Anna. Dice que encaja perfectamente y que va a comprarlo. Anna se alegra y va a buscarlo. Lo envuelve cuidadosamente y luego le comenta que está buscando algo nuevo para vender. Le pregunta si ella le puede recomendar algo.

—A ver, déjame pensar. Sí, conozco a una mujer, Nieves. Es una artesana que vive y trabaja en Polop, un pueblo de Alicante, cerca de Benidorm. Diseña piezas únicas de joyería, utiliza plata y piedras naturales como granito y mármol. ¿Sabes?, sus joyas son como pequeñas obras de arte, simples pero muy hermosas. Si quieres, algún día podemos ir a verla a ella y su taller. Es que ni yo he visto su casa nueva porque hace poco que se mudó allí. Antes vivía aquí en Cartagena.

—¡Oh, maravilloso! Me encantaría visitarla contigo.

Marta cambia de tema.

—Hablando de otra cosa, he oído que Juan te ha invitado a visitar la finca de nuestros padres este fin de semana. ¿Es verdad?

Anna asiente sonrojándose un poco.

—Sí, nos vamos mañana por la mañana. No sé exactamente qué haremos, quizás ayudar en algo, creo.

—¡Qué bien! Seguro que te encantará. De verdad me sorprendió que Juan te invitara, no es habitual que lleve a alguien allí. ¡Pero me alegra que lo haya hecho!

Anna está ansiosa por preguntarle si Juan tiene novia o está saliendo con alguien, pero no quiere contarle que le gusta, así que no dice nada y simplemente asiente.

La incertidumbre flota en el aire mientras Marta continúa contando detalles sobre la finca y Anna lucha contra sus propios pensamientos no expresados.

GLOSSARY

MEDIR
to measure

TALLER (m.)
workshop, studio

INCERTIDUMBRE (F.)
uncertainty

26.

Ha sido una noche de insomnio para Anna. Está muy nerviosa por ir a la finca de los padres de Juan. No sabe qué esperar, no sabe qué ponerse y, para colmo, parece que hoy no hay agua caliente en el apartamento. «Genial, una ducha fría entonces». Saldrán alrededor de las nueve de la mañana.

Anna ha acordado con Ramón que puede tomarse libre este sábado y él estará en el estudio. Ramón le ha dicho que va a ser una experiencia interesante que conozca una finca española y eche una mano. Anna aprecia mucho el gesto.

Después de ducharse hace el equipaje para el fin de semana. Opta por un conjunto práctico para el campo. Se decide por unos vaqueros desgastados que le permitan moverse bien y una blusa con un toque de color que resalte sus ojos verdes. Complementa el atuendo con unos botines cómodos y una chaqueta, ya que las mañanas y noches son frescas.

Echa también un suéter de cuello alto, unas gafas de sol, una libreta y un lápiz, ya que le gusta tomar notas y dibujar cuando se inspira. También mete una botella de agua reutilizable y nueces y fruta para tener algo de comer. Con el bolso listo y un atisbo de emoción en los ojos, espera que el reloj marque las nueve.

Se encuentra con Juan en la calle y, al verlo, no puede apartar la mirada: luce impresionante con su presencia distinguida y varonil. La tez bronceada le resalta la herencia mediterránea y los ojos oscuros reflejan inteligencia y profundidad. El cabello también oscuro y bien cuidado, junto con una barba afeitada, realzan aún más sus rasgos masculinos. El porte seguro completa la imagen magnética que Anna encuentra cautivadora. No puede dejar de mirarlo mientras se preparan para el fin de semana.

—¡Hola! ¿Cómo estás? ¿Todo listo?

—Sí, estoy ansiosa. Gracias por invitarme.

—¡Claro, estará bien tener compañía! Te va a encantar, es un lugar precioso.

—A tu familia le hará ilusión verte.

—Sí, seguro que sí. Les gusta mucho pasar tiempo juntos. ¡Bueno, vamos!

En el coche Anna le pregunta qué harán y Juan le explica que hay que podar algunos olivos. Dice que sus padres tienen gente que trabaja para ellos, así que no es que necesiten ayuda de verdad, sino que más bien van para pasar tiempo juntos y echar una mano.

Anna pregunta también si tienen algo más aparte de los olivos y Juan responde que producen aceite de oliva, aceitunas y almendras. Para su consumo tienen cítricos, ciruelos y algunos nogales, y también cultivan muchas verduras.

—¿Y tenéis animales?

—Solo algunas gallinas y dos perros y un gato.

—¡Qué bien! ¿Cómo se llaman?

—Los perros son Max y Luna y al gato simplemente lo llamamos Pelusa.

—¿Y las gallinas son solo para poner huevos o también para carne?

—Para huevos, pero no las criamos de manera intensiva. ¿Te gustan los animales?

—Sí, me encantan. En Finlandia de pequeña solía vivir cerca de una granja, así que estoy familiarizada con la vida rural.

—Entonces te sentirás como en casa.

Mientras conduce Juan cuenta una divertida anécdota con Max, el perro más glotón, que en una ocasión no pudo resistirse a un pastel de cumpleaños que su madre había preparado y lo devoró directamente de la mesa. La expresión de su madre al descubrirlo no fue precisamente de alegría. Anna se ríe al imaginar la travesura.

A medida que se acercan a la finca el paisaje se transforma en colinas onduladas y campos abiertos, salpicados de olivos y almendros. A lo lejos se pueden ver las hermosas zonas montañosas con sus pinos.

La finca, con sus paredes blancas, parcialmente de piedra y tejado de color terracota, emana el encanto característico de las construcciones de la región. Juan aparca frente a la casa y, al bajar, se oyen los alegres ladridos de Max y Luna, que corren a recibirlos con entusiasmo. Anna los saluda y mira a su alrededor, impresionada por la serenidad y la belleza del lugar. El aroma de los árboles frutales, la paz y privacidad de la finca, rodeada de palmeras y flores, parece un sueño para vivir.

De repente, los padres de Juan, María y Antonio, aparecen en el porche de la casa con sonrisas.

—Es un placer tenerte aquí, Anna. Juan nos ha hablado de ti —dice María.

—Sí, esperamos que disfrutes de tu estancia en nuestra humilde morada —agrega Antonio.

—Gracias por recibirme. Me encanta conocerlos y aprender más sobre el cultivo de olivos.

—¡Pasad, pasad! Vamos al jardín a tomar algo —los invita María.

Atraviesan una enorme cocina tradicional con chimenea y una mesa larga al menos para diez personas. El fregadero es de piedra clara y la encimera, de madera desgastada. Debajo de ella hay hermosas cortinas que ocultan las ollas y los cuencos. Sobre el fregadero hay una ventana. Mientras se lava los platos, se puede ver una bonita vista al jardín y las montañas en la distancia. A la derecha hay puertas dobles de vidrio que llevan al jardín.

Pasan por ellas y hay una pérgola de parra, árboles frutales, flores y un pequeño huerto con hierbas y tomates. El sol brilla y, como no hay viento, será un cálido día de diciembre. María les trae bebidas y algo para picar.

Los padres de Juan están interesados en saber cómo acabó Anna en España y qué le parece hasta ahora. Ella les cuenta cómo viajó por el país durante un mes antes de llegar a Cartagena, y cómo le gustó tanto que decidió quedarse allí. María y Antonio no hablan mucho inglés, así que Anna tiene que utilizar todas sus habilidades para comunicarse, pero de alguna manera logran entenderse. Juan no la ayuda, simplemente sonríe al verla esforzarse y comenta que Anna necesita aprender a hablar bien español. Luego Antonio dice:

—¡Démosle un respiro a la pobrecita!

Y sugiere que vayan a ver los olivos.

A Anna le parecen una verdadera belleza y a Antonio le alegra ver su auténtico interés en ellos. Le explica que van a podar algunos después de la cosecha, pero solo los que producen aceitunas para comer, los que producen para aceite se podan más adelante.

Dice que la poda es fundamental por varias razones, pero en primer lugar por la capacidad para estimular positivamente el rendimiento de los árboles. Cuenta que los que están bien podados también son más resistentes al ataque de patógenos y parásitos, a las condiciones climáticas adversas y al estrés externo. Añade que tampoco hay que subestimar el aporte estético de la poda, que permite olivos hermosos y equilibrados.

Antonio le presenta a los hombres que trabajan en ellos. Le explican y muestran lo que están haciendo. Después Juan le dice:

—Ven conmigo, te enseñaré cómo se hace una poda sencilla para que puedas practicar un poco.

—¡Vamos! Quiero aprender.

—Verás, algunas podas son realmente útiles y no difíciles. Por ejemplo, quitar las ramas secas y eliminar las que están creciendo sobre otras o en la base del tronco. Al hacerlo, permitimos que la energía del árbol se centre en partes más productivas.

—¡Entiendo! ¿Y qué más podemos hacer?

—También es beneficioso airear las frondas. Eso ayuda al árbol a recibir más luz y a mejorar la circulación de aire, algo esencial para su salud.

—Claro, lógico.

Mientras trabajan en el olivar, María está preparando la comida y a la una y media va a llamarlos para que vayan a comer. Antes María les ofrece limonada y un aperitivo. Le dice a Anna que le mostrará su cuarto para que pueda refrescarse un poco.

La habitación está en el primer piso. Tiene un suelo de gres, paredes blancas y un techo con vigas de madera. También un balconcillo con maravillosas vistas a los olivares y un baño propio. La cama tiene sábanas blancas con embozo de encaje y una manta de lana de color burdeos. Hay un cuadro de la Virgen María en el cabecero y un tocador con flores frescas en un vaso, girasoles y algunas otras blancas que Anna no conoce. La decoración es simple pero muy armoniosa.

Anna baja las escaleras y todos ya están allí, también los tres hombres que estaban trabajando en el olivar. La mesa está puesta y Juan le explica que normalmente comen en la cocina porque es más grande que el comedor. La prefieren porque es muy acogedora. María les ha preparado un plato típico de Lorca: liebre con gurullos. Anna traga saliva unas cuantas veces porque no le ha contado a nadie que no come carne. Bueno, ahora la comerá porque ya no hay forma de decirlo.

El sabor es rico. Es la carne la que le cuesta masticar. Aun así, se arregla y nadie nota nada extraño. Disfruta del ambiente cálido y es evidente que a Juan le encanta estar con su familia. Para postre tienen la tortada lorquina, un dulce delicioso que es parte integral de la cocina murciana durante generaciones. Tiene textura suave y esponjosa y a Anna le encanta su sabor a limón.

Después de comer se ofrece a lavar los platos, pero María le dice que puede ir a descansar. Juan comenta que tiene que hablar con su padre sobre algunos asuntos relacionados con la finca.

Anna aprovecha la ocasión para explorar un poco más el entorno. Se dirige hacia el jardín, donde el sol de diciembre ilumina la escena. Al caminar entre los árboles frutales siente la tranquilidad del lugar. Se detiene a observar el paisaje, con las montañas en la distancia y los campos ondulados de almendros y olivos.

Mientras pasea, descubre un sendero que la lleva a un rincón apartado del jardín. Allí encuentra un banco de piedra rodeado de flores y plantas aromáticas. Se sienta y disfruta del silencio, dejando que la envuelva la calma.

En ese momento Luna, uno de los perros, se acerca curiosa. Anna acaricia a su amistosa compañera mientras la tarde avanza, y se sumerge en sus pensamientos. Se pregunta cuál es el motivo de la invitación de Juan. Se cuestiona qué les habrá contado a sus padres sobre ella, quién es ella en su vida. No tener respuestas la agobia.

En esta época del año oscurece temprano y Anna vuelve a la casa con Luna. Va a su habitación porque no ve a nadie y no tiene ni idea de dónde están todos. Se queda dormida mientras lee y se despierta por un golpe en la puerta. Es Juan, que viene a ver si todo está bien. Mira la hora y piensa: «¡Dios mío, he dormido durante horas!».

—¡Ay, Juan! Me he quedado dormida sin darme cuenta. ¿Dónde estabais?

—No te preocupes. Mis padres fueron a la ciudad para hacer algunas compras, pero ya están de vuelta. Quería asegurarme de que estuvieras bien. ¿Has descansado?

—Sí, demasiado, claro. ¡Qué vergüenza haber dormido tanto tiempo! ¿Ya es hora de cenar?

—No te preocupes por eso. Mi madre preparará algo ligero para nosotros. ¡Vamos!

—¡Gracias!

Después de la cena Anna y Juan cogen una botella de vino y un plato con frutos secos y los llevan al jardín. Juan trae mantas para abrigarse.

Se ponen en un rincón del jardín, bajo la tenue luz de las estrellas que destaca en el cielo claro de la noche. Mientras se acomodan, Juan descorcha la botella y llena las copas. Anna, envuelta en la manta, observa el cielo estrellado.

—¿Te gusta el vino? —pregunta Juan, observándola con curiosidad.

—Sí, mucho. Y este lugar es tan idílico, me encanta.

—Me alegra que estés aquí.

Los ojos de Juan reflejan la calidez de sus palabras.

«Este sería un momento perfecto», piensa Anna. «Podría preguntarle algo que vaya más allá de la amistad. Pero ¿y si lo estropeo todo?». La timidez la retiene y no dice nada. Sin embargo, mientras toma otro sorbo de vino vuelve a pensar: «¿Qué le pasa? El ambiente es muy romántico, él es muy amable y su mirada parece transmitir algo más profundo, pero no da el paso. ¿Acaso no siente lo mismo que yo?».

Los pensamientos le dan vueltas mientras continúan charlando. Entonces roza accidentalmente su mano al alcanzar la fruta y, por un instante, siente una chispa de electricidad. «¡Esto no puede ser solo amistad!», se repite. Pero la vergüenza la paraliza.

La noche llega a su fin. Ambos han optado por guardar silencio sobre lo que podrían haber compartido. Se despiden y Anna regresa a su habitación sintiendo una mezcla de alivio y decepción.

Los sonidos de la noche no se han interrumpido. Para sorpresa de Anna, ha dormido de un tirón, algo que rara vez ocurre. Mira el reloj. Ya son las siete y media. Trata de comprobar si puede percibir algún ruido en la casa, si hay alguien despierto. Sí, puede oír algo abajo y va a ver quién es. Encuentra a María en la cocina, preparando lo que parece pan. El fuego en la chimenea llena la habitación con una calidez acogedora y a Anna le recuerda a su hogar en Finlandia.

—Buenos días, María. ¿Estás haciendo pan? —pregunta mientras se acerca.

—¡Buenos días! Sí, es pan fresco para el desayuno.

—¡Huele bien! ¿Puedo ayudarte en algo?

—Oh, no te preocupes, ya casi está listo. ¿Cómo has dormido?

—Sorprendentemente bien. Esta finca tiene algo mágico, supongo. —Se ríe—. ¿Y haces pan a menudo?

—Sí, es un hábito que tengo desde hace años. Me encanta empezar el día con el aroma del pan reciente. Además, nos gusta tener algo delicioso para el desayuno.

—Debe de ser maravilloso vivir en un lugar como este.

—Sí, nos gusta pensar que lo es. ¿Te gustaría un café mientras esperamos que esté el pan?

—Sí, gracias.

Después de charlar un buen rato Anna le pregunta:

—¿Puedo llevármelo fuera y dar un paseo?

—Por supuesto. Si quieres, puedes ir y abrirles el corral a las gallinas.

Las gallinas salen contentas y comienzan a pavonearse por el campo. Al andar, mueven rítmicamente la cabeza para adelante y para atrás. El gallo las sigue con orgullo y mira a Anna con recelo. Ella va detrás hacia el olivar dando sorbos a la bebida mientras camina.

Se para a disfrutar del momento. Puede sentir de nuevo esa paz que solo da un entorno natural. Un paisaje de tonos naturales sumido en un silencio que se rompe únicamente por el piar de algún pajarillo o alguna rama movida por el viento.

Como está amaneciendo, admira los cambios de luz que se reflejan en las montañas. Es un momento fascinante de cada mañana.

Después regresa y encuentra a Juan y su padre en la cocina tomando café. Juan está adorable y atractivo al mismo tiempo, con el pelo despeinado, unos vaqueros azules claros y una camiseta verde oliva. Sonríe al verla entrar.

—¡Buenos días, dormilona! ¿Has descansado bien?

Anna devuelve la sonrisa.

—¡Hola! Parece que hoy eres tú el dormilón. Yo llevo despierta desde las siete y media.

—¡Buenos días, Anna! Siéntate y toma un poco de pan —interviene Antonio.

Anna, jugando con la taza entre las manos, responde:

—¿Pan fresco y buena compañía? Suena bien para empezar la mañana.

Juan le guiña un ojo.

—Y mejor cuando te unes a nosotros. ¿Qué tal tu paseo matutino?

Anna sonríe.

—Las gallinas están felices y el olivar está precioso con los tonos de la mañana.

Prueban el pan y está riquísimo con el aceite de oliva y un poco de tomate triturado.

Después del desayuno Juan le enseña a Anna más lugares de la finca, como los almendrales. Cuenta que la vista es absolutamente maravillosa cuando los árboles comienzan a florecer.

—La finca se transforma en un mar de flores blancas y rosadas. Desde finales de enero hasta principios de marzo, los almendros están en pleno esplendor. Es mi época favorita aquí.

—Debe de ser precioso —suspira Anna.

Lamentablemente la visita llega a su fin y después de comer Juan y Anna tienen que prepararse para volver a Cartagena.

Anna se acerca a Antonio y María y les agradece su hospitalidad y la oportunidad de haber conocido la finca.

—Ha sido maravilloso —expresa con una sonrisa sincera.

Ellos se la devuelven.

—Ha sido un placer tenerte aquí. Esperamos que hayas disfrutado con nosotros —responde María con amabilidad.

GLOSSARY

PARA COLMO
to top it all
CONJUNTO (m.)
outfit, set
CUELLO ALTO (m.)
turtleneck
VARONIL (m.)
manly, masculine
TEZ (f.)
complexion, skin
RASGO (m.)
feature, trait
PORTE (m.)
bearing, demeanor
LE HARÁ ILUSIÓN VERTE
will be excited to see you
PODAR
to prune
NOGAL (m.)
walnut tree
GLOTÓN, GLOTONA (m./f.)
greedy
LO DEVORÓ
devoured it
TRAVESURA (f.)
mischief
MORADA (f.)
household
ENCIMERA (f.)
countertop
DÉMOSLE
let's give her
RENDIMIENTO (m.)
performance, yield
FRONDA (f.)
foliage, frond
SUELO DE GRES (m.)
tiled floor
VIGA DE MADERA (f.)
wooden beam
CON EMBOZO DE ENCAJE (m.)
with lace trim
TOCADOR (m.)
dressing table
LIEBRE CON GURULLOS (m.)
hare with fried flour balls
TORTADA LORQUINA (f.)
layered sponge cake from Lorca
ESTROPEO
ruin
ALIVIO (m.)
relief
DECEPCIÓN (f.)
disappointment
HA DORMIDO DE UN TIRÓN
has slept through the night
PAVONEARSE
to strut
RECELO (m.)
suspicion
PIAR
to chirp
RAMA (f.)
branch
DORMILÓN, DORMILONA (m./f.)
sleepyhead
GUIÑA
winks

27.

Son cinco figuras inmóviles. Escuchan la voz serena que lee:

—«La vida te decepciona para que dejes de vivir con ilusiones y veas la realidad. La vida destruye todo lo superfluo hasta que solo quede lo importante. La vida no te deja en paz para que dejes de culparte y aceptes todo como es. La vida te quita del camino y te presenta encrucijadas, hasta que dejes de querer controlarlo todo y fluyes como un río. La vida te rompe en tantas partes como sean necesarias para que la luz penetre en ti. La vida te niega milagros hasta que entiendas que todo es un milagro».

Es lunes por la mañana y Anna está en yoga. Es su día libre, ya que el estudio de arte cierra ese día y los domingos. Ahora va a clases dos veces por semana y con cada sesión se siente más relajada.

Después de las palabras introductorias todos se relajan, calientan y comienzan a hacer las posturas. Repiten la *kakasana* y Raúl observa a Anna y a la chica frente a ella que la intentan sin éxito.

—Parece que el problema que tenéis es simplemente el miedo —dice.

Se acerca a Anna y le coloca una almohada detrás de la cabeza en el suelo.

—No sucede nada malo, simplemente puedes hacerlo —le explica con calma.

Y Anna lo logra. Con lentitud se eleva sobre los brazos en la postura del cuervo.

La sensación es increíble y durante el resto de la clase se siente como en las nubes, logrando hacer con facilidad cada postura. El poder de la mente es algo extraño.

La mañana ha sido fría otra vez y Anna no tiene ganas de volver al helador apartamento, así que pasea admirando de nuevo las luces y decoraciones navideñas. Las ramas de almendro adornan la calle del Carmen, Puertas de Murcia, Santa Florentina, Jabonerías y plaza San Sebastián. Con sus adornos en color dorado mate y tonos violetas y rosas, centellean bajo el sol. Anna entra en una de las cafeterías en la calle del Carmen.

Sentada al sol, sintiendo el calor en el rostro, parece verano. Piensa en lo afortunada que es de poder vivir así, con vecinos amigables y personas que ha conocido durante el corto tiempo que lleva aquí. Todos son realmente amables, pero... se siente sola. Sería tan bonito compartir estos momentos con alguien... Ver a la gente feliz con sus familias y amigos disfrutando del desayuno a su alrededor hace que su soledad sea aún más profunda.

Reflexiona sobre el fin de semana con Juan, lo agradable que fue y, sin embargo, lo decepcionante al mismo tiempo. Tenía tantas expectativas..., pero ahora piensa que tal vez debería olvidarse de él, al menos, como algo más que un amigo.

Sus pensamientos se ven interrumpidos por el sonido de un mensaje entrante en su teléfono. Es de Marta. Anna le dice dónde está y ella responde que llegará en diez minutos.

Enseguida aparece sonriendo y la saluda.

—¡Me alegro de verte! Cuéntame, ¿qué tal el fin de semana en la finca?

—Pues fue... interesante, y aprendí mucho sobre el cultivo de olivos. Tu familia es estupenda y la finca es preciosa.

—Sí, tiene su encanto. Oye, ¿hay algo entre tú y Juan? Porque no es nada normal que invite a cualquier mujer.

Anna duda un momento, pero luego responde:

—No, somos solo amigos. Fue muy amable al invitarme, pero no hay nada más.

Marta asiente.

—Ah, entiendo... Bueno, a veces, las amistades son las mejores.

—De verdad. ¿Y tu fin de semana?

Marta le cuenta que estuvo en casa con la familia y también fueron a dar un paseo por la ciudad para ver las decoraciones navideñas y el belén del ayuntamiento. Le pregunta si lo ha visto y Anna responde que aún no, pero que seguro irá pronto.

—Oye, casi se me olvida, ¿estás libre este fin de semana? ¿Qué te parece si vamos a ver a Nieves, la artesana de Polop de la que te hablé?

—Trabajo el sábado por la mañana, pero el domingo estoy libre —contesta Anna.

—Perfecto, el domingo me va genial. Voy a preguntarle a Nieves si le viene bien que vayamos ese día.

—El lunes también podría, ya que es mi día libre.

—Tendré que ver si puedo yo. Te avisaré. Y ahora tengo que volver al trabajo. ¡Nos vemos después!

—¡Claro, nos vemos!

Más tarde recibe un mensaje de Marta diciendo que a Nieves le va bien el domingo, y que saldrán temprano por la mañana porque es un viaje bastante largo, de unos ciento setenta kilómetros.

GLOSSARY

INMÓVIL (m./f.)
motionless

DECEPCIONA
disappoints

CULPARTE
to blame yourself

NIEGA
denies

LO LOGRA
manages to do it

HELADOR/-A (m./f.)
freezing, icy

ADORNO (m.)
ornament, decoration

DORADO/-A (m./f.)
golden

CENTELLEAN
sparkle

DECEPCIONANTE (m./f.)
disappointing

BELÉN (m.)
nativity scene

AYUNTAMIENTO (m.)
town hall, city hall

28.

Es domingo y Anna está a punto de salir con Marta para ir a Polop. Se prepara rápidamente, asegurándose de llevar una libreta para tomar notas sobre posibles adquisiciones para el estudio de arte.

Marta llega puntual y, después de un cariñoso saludo, se dirigen al coche. Con el sol saliendo en el horizonte, emprenden el viaje.

Por el camino hablan de sus estilos de vida. Marta es vegetariana y encuentra en Anna una aliada en esa elección de vivir de manera más consciente. Anna, aunque no sigue una dieta vegetariana estricta, comparte el interés por reducir el impacto ambiental.

—Oye, ahora que sé que eres casi vegetariana, ¿qué comisteis en la finca? Porque allí suelen comer carne con bastante frecuencia.

—Sí, tu madre preparó unos platos con carne. Solo comí porque habría sido de muy malos modales no hacerlo.

—¿Juan no lo sabe?

—No, la verdad es que no. No tuve la oportunidad de decírselo.

—¡Qué divertido! A veces en casa se nos pasan ese tipo de detalles.

—Sí, supongo que no es algo que salga naturalmente en la conversación. Pero no te preocupes, no me importa, y no quiero que piensen que soy complicada.

—Entiendo... Pero quizás deberíamos contárselo para evitar situaciones incómodas.

—Sí, sería una buena idea. Aunque, sinceramente, no quiero que piensen que me estoy quejando. Fue un fin de semana estupendo y aprecio mucho la hospitalidad de tus padres.

—Lo comprendo, pero también es importante que te sientas cómoda y que todos estemos al tanto de tus preferencias. Gracias por ser comprensiva.

—Claro. ¡Y gracias a ti por pensar en ello para la próxima vez!

—¡Ay, me imagino la cara de Juan si descubre que eres vegetariana!

Por fin llegan a Polop, que está situado sobre un cerro y resguardado por la sierra del macizo del Ponoig. Antes de dirigirse al taller deciden visitar el pueblo un poco más. Dejan el coche abajo y caminan por sus empinadas callejuelas hasta el castillo, hoy convertido en cementerio. Desde allí hay unas vistas espectaculares del valle de Guadalest.

Luego bajan por otras calles limpias y bien cuidadas, llenas de portales con macetas. Entre ellas se pueden ver los picos de la sierra. El casco antiguo destaca por su sencillez arquitectónica. Sin edificios de líneas raras, sino muy simples, han conseguido un barrio que mantiene el encanto de antaño.

El taller de Nieves, cerca de la iglesia de San Pedro Apóstol, está construido con piedras de color dorado mate y mezcla de argamasa. Nieves, una mujer con pelo gris rizado, las recibe con una sonrisa. El lugar está impregnado de creatividad: mesas llenas de materiales, herramientas dispersas y joyas terminadas que se exponen.

Admiran todo. Cada pieza cuenta una historia con su estilo único. Anna queda impresionada por la artesanía y la pasión de Nieves por su trabajo. Piensa en la posibilidad de llevar algunas piezas al estudio de arte.

Las tres mujeres hablan sobre sus experiencias. Marta es defensora de un estilo de vida minimalista y les cuenta cómo pueden simplificar las suyas y reducir la huella ecológica.

—Me encontré con un artículo sobre artesanía y modernidad. Dice que en el mundo actual la artesanía puede ser sostenible. ¿Qué opináis? —comenta Anna.

—¡Suena interesante! ¿Y qué más dice? —pregunta Nieves.

—Habla sobre cómo los productos artesanos no generan un consumo banal, sino que crean un vínculo emocional duradero con las personas.

—Eso tiene mucho sentido. Cuando compras algo hecho a mano, sabes que hay tiempo, esfuerzo y habilidad detrás. Es como si adquirieras una parte de la historia y la pasión del artesano —dice Marta—. Además, creo que encaja perfectamente con la mentalidad de vida sostenible que queremos adoptar. Optar por esos productos significa alejarse de la producción masiva y contribuir a un consumo más consciente.

—Exacto, y también promueve la preservación de técnicas y habilidades tradicionales, algo fundamental para mantener viva nuestra herencia cultural —opina Nieves.

—¡Sin duda! —exclama Anna.

—Y lo más importante: construimos conexiones más significativas con los objetos que nos rodean —añade Marta.

El tiempo pasa volando. Al despedirse Nieves les regala unas pequeñas joyas, gesto que agradecen sinceramente. En el viaje de vuelta reflexionan sobre la conexión que han descubierto entre ellas.

Ya en Cartagena Marta se despide de Anna, diciendo que el día ha sido memorable. Anna entra en casa con la certeza de que esta experiencia ha sido más que una simple visita para encontrar joyas para el estudio. Mientras se sienta frente a la ventana, piensa en ella. La creatividad de Nieves, la belleza de su artesanía y la amistad de Marta la inspiran.

GLOSSARY

EMPRENDEN
they begin

MODALES (m. pl.)
manners

RESGUARDADO POR
sheltered, protected by

MACIZO (m.)
massif

EMPINADO/-A (m./f.)
steep

CALLEJUELA (f.)
alley, narrow street

ENCANTO DE ANTAÑO
charm of yesteryear

ARGAMASA (f.)
mortar, cement

IMPREGNADO/-A (m./f.)
impregnated, filled

HERRAMIENTA (f.)
tool

DISPERSO/-A (m./f.)
scattered, dispersed

HUELLA (f.)
footprint

VÍNCULO (m.)
bond, connection

CERTEZA (f.)
certainty

29.

Los días pasan rápidamente y las fiestas se acercan. Anna, sintiendo el espíritu navideño, decide ir a ver el belén municipal. Está en la plaza de San Francisco, que brilla con las luces. El belén, con sus seiscientas figuras, es una representación de la historia de Jesús mezclada con los paisajes y la vida en el campo de Cartagena. Las de las iglesias del Carmen y Santa María, así como las de la imponente basílica de la Caridad, se alzan con gracia.

Cada figura parece contar una historia y Anna se siente parte de ella. Se maravilla con los detalles y la forma en que la de la ciudad se entrelaza con la de Jesús.

Al salir, la envuelve el aire fresco de la noche. Lleva consigo la magia del belén. La Navidad está cerca, y mientras camina por las calles, admira la belleza de Cartagena durante esta época del año.

Al llegar a casa se encuentra con Juan en la puerta del edificio.

—¡Hola, Anna! ¿Qué tal el día?

Ella le cuenta su visita al belén y cómo la ciudad se ha llenado de un ambiente navideño.

Juan le dice que habrá una representación del *ballet El Cascanueces* en el Auditorio antes de Navidad y le pregunta si le gusta el *ballet* y querría acompañarlo.

Los ojos de Anna se iluminan con emoción.

—¡Me encanta el *ballet*! Solía ir a ver *El Cascanueces* con mi familia en Finlandia cuando era joven. ¡Y me encantaría ir contigo!

Juan asiente con una sonrisa.

—¡Genial! Seguro que lo pasamos bien.

Suben las escaleras hacia el tercer piso. Mientras van por el pasillo la mente de Anna da vueltas. Había decidido olvidar a Juan, ya que no parecía estar interesado en ella, pero esta nueva invitación le llena de esperanza el corazón.

GLOSSARY

GRACIA (f.)
: elegance

LA ENVUELVE
: surrounds her

EL CASCANUECES
: The Nutcracker

DA VUELTAS
: is spinning

30.

Anna se prepara para la noche en el *ballet*. Abre el armario y examina cada prenda, esperando dar con el atuendo perfecto. Pronto se da cuenta de que no tiene nada adecuado para una ocasión tan especial. A regañadientes, decide ir de compras, a pesar de que generalmente evita comprar ropa nueva. Pero está decidida a encontrar algo elegante que vaya bien con el ambiente del *ballet*. En una pequeña *boutique* ve un vestido de lana color crema, adornado con un corazón recortado en el pecho, rodeado de pedrería que destella con cada movimiento. Es la elección ideal.

Por la tarde, cuando Juan llega para recogerla, se queda asombrado ante su belleza.

—Estás impresionante. —Y sus ojos reflejan una admiración genuina.

Ruborizada, Anna le da las gracias y se dirigen al Auditorio.

El teatro está decorado también con adornos navideños y la expectación se suma al encanto de la noche. Cuando se abre el telón, la música lo inunda todo y los bailarines aparecen en escena, y Anna se siente transportada al mundo de *El Cascanueces*. Cada movimiento, cada nota, parecen acariciarle el alma. Los bailarines se mueven con gracia y precisión, y Anna nota que la envuelve una oleada de emociones. La música, los trajes y la historia la dejan completamente cautivada.

Después del *ballet* deciden dar un paseo. Mientras caminan juntos, Anna no puede evitar notar la atracción que siente por Juan. Su aspecto informal pero a la vez atractivo se mezcla con su personalidad amable y un encanto natural. Anna se encuentra perdida en sus pensamientos mientras observa cómo las luces destacan su figura. Su apuesta presencia y profunda mirada la han impresionado.

Descubren un bar con un letrero que anuncia vino caliente, una tradición en Finlandia que a Anna le gusta mucho de su tierra natal.

—¿Has probado el vino caliente alguna vez? —le pregunta a Juan.

—No, la verdad. ¿Cómo está?

Anna sonríe.

—En Finlandia es una tradición navideña. La gente lo toma para calentarse durante los días fríos de invierno. Me sorprende verlo aquí. ¡Vamos a probarlo!

El bar está decorado con velas y luces centelleantes. Encuentran un rincón cómodo, piden el vino y lo saborean.

La noche se desarrolla como en un sueño y Anna se da cuenta de cuánto le gustan estos momentos simples pero profundos.

Al regresar a casa Juan comparte una noticia inesperada.

—Tengo un viaje de trabajo a Madrid durante un mes después de Navidad —dice con un deje de decepción en la voz.

Anna procesa la información y siente una mezcla de emociones. A pesar del buen rato pasado, la perspectiva de la marcha de Juan la deja insegura sobre el futuro. Sin embargo, mantiene la compostura.

La noche termina con una despedida agridulce en la puerta de Anna. Juan promete llamarla cuando vuelva de Madrid. Anna asiente con una sonrisa, pero cuando la puerta se cierra, se encuentra sola y nota que la recibe una ráfaga de aire frío.

El vestido deslumbrante y los recuerdos mágicos contrastan con la realidad del apartamento vacío. Anna se envuelve en una manta, no solo para combatir el frío, sino también para encontrar consuelo en su abrazo. Se sienta en el sofá y suspira profundamente. Aunque la noche ha sido un sueño precioso, la soledad regresa con fuerza.

GLOSSARY

PRENDA (f.)
garment, clothing

REGAÑADIENTES
reluctantly, unwillingly

RECORTADO/-A (m./f.)
cut out

PEDRERÍA (f.)
gemstone, rhinestone

DESTELLA
sparkle

RUBORIZADO/-A (m./f.)
blushing

TELÓN (m.)
curtain

LO INUNDA TODO
fills everything

ALMA (f.)
soul

APUESTO/-A (m./f.)
handsome

LETRERO (m.)
sign

DEJE (m.)
tone, nuance

RÁFAGA (f.)
gust, burst

DESLUMBRANTE
dazzling, stunning

CONSUELO (m.)
comfort, consolation

SUSPIRA
sighs

31.

La mañana en el estudio transcurre entre los susurros de las pinceladas y el aroma de las creaciones que toman forma. Anna disfruta de la calma mientras pinta.

Por la tarde organiza y ordena todo y de repente se abre la puerta y entra Marta con una caja adornada con motivos navideños.

—¡Hola!

—¡Hola! ¿Qué te trae por aquí? —pregunta Anna con una mezcla de sorpresa y alegría al ver a su amiga.

Marta pone la caja sobre una mesa.

—Este es un regalo para ti, algo dulce de Navidad.

Anna sonríe agradecida.

—Vamos a casa de mis padres para Navidad. Juan, Luisa, mi hermana menor, y yo. Es una tradición de cada año. ¿Y tú? ¿Tienes algún plan?

Anna, con una figurita de mazapán en las manos, decide compartir parte de sus pensamientos con su amiga.

—Bueno, solo tengo libre el día de Navidad, así que probablemente voy a relajarme, leer un libro, comer dulces y reflexionar sobre el próximo año —responde con una mirada introspectiva.

Marta la observa con complicidad, comprendiendo que hay más en sus palabras que lo que Anna está dispuesta a revelar ahora.

—Sea lo que sea, estoy aquí. Y si necesitas compañía en algún momento, ya sabes dónde encontrarme —dice ofreciéndole apoyo.

Anna piensa sobre la noche en el *ballet* y sus sentimientos hacia Juan. Quiere compartirlos con Marta, pero la vergüenza la detiene. Se pregunta cómo expresar lo que siente sin parecer tonta. Al final, decide guardarse las emociones.

Después de la visita de Marta continúa con su trabajo en el estudio. Hoy es el día en que los niños vuelven para su clase semanal de pintura. Mientras organiza los materiales, suena el timbre y llega la primera familia.

Es un niño llamado Diego, acompañado por su madre. Tiene el pelo oscuro y ojos brillantes llenos de entusiasmo. Saluda a Anna con una gran sonrisa mientras su madre le da besos y se despide al dejarlo para la clase.

Los niños saben que Anna es de Finlandia y, como es casi Navidad, le hacen muchas preguntas. Quieren descubrir si ha visto al verdadero Papá Noel. Anna les cuenta historias sobre la Navidad en su país mientras dibujan y pintan. Inspirados por ellas, los niños quieren dibujar a Papá Noel con sus renos.

Después de la clase Anna recoge los materiales, se despide y les desea una feliz Navidad.

GLOSSARY

SUSURRO (m.)
murmur, whisper

PINCELADA (f.)
brushstroke

ORDENAR
to tidy up

APOYO (m.)
support, backup

PAPÁ NOEL (m.)
Santa Claus

RENO (m.)
reindeer

32.

Por la mañana del día de Nochebuena, el estudio de arte permanece abierto y un hombre estadounidense entra buscando un regalo para su esposa. Resulta que él y su esposa están de visita en Cartagena a bordo de un crucero, solo por un día. Mientras pasea por el estudio, sus ojos se posan en las exquisitas joyas de Nieves.

Entre las brillantes y creativas piezas le llama la atención un colgante de plata con acabado mate y pulido y un topacio rectangular. El contraste entre los tonos fríos de la plata y los cálidos del topacio hace de ella una joya muy especial. Las intrincadas tallas en su superficie la convierten más una obra de arte que en una simple joya. El hombre, impresionado por la artesanía única, decide que será el regalo perfecto.

Mientras compra, le explica a Anna que su mujer adora las joyas únicas y que está seguro de que ese colgante será el regalo ideal para sorprenderla en estas fechas.

Anna, contenta de poder ayudar a crear momentos especiales, se lo envuelve en una elegante caja y se la entrega, deseándole unas felices fiestas. El hombre se lo agradece y se marcha llevándose un pedacito de arte y artesanía de Cartagena.

Más tarde Anna cierra el estudio y se va a casa. Las calles rebosan de felices familias sonrientes, pero ella se siente más sola que nunca.

En el balcón ha puesto un pequeño árbol de Navidad con luces. Prepara un poco de vino caliente y se lo toma mientras contempla su lugar favorito, el Teatro Romano. No ha preparado ninguna comida especial. Se ha pedido algo de comer de un restaurante oriental cercano.

Luego coge el teléfono para llamar a su madre y a su hermana.

—¡Hola!

—¡Hola! ¡Feliz Navidad! —le desea esta última.

—¡Gracias, igualmente! ¿Cómo estáis celebrando Navidad?

Su hermana responde con sinceridad:

—Ojalá estuvieras aquí, te echo mucho de menos. Espero poder visitarte pronto.

Anna siente un nudo en la garganta al escucharla.

—Yo también te echo de menos. Ojalá puedas venir enseguida —responde con voz temblorosa.

—Estamos muy orgullosas de ti —interviene su madre—. Sabemos que no ha sido fácil hacer este cambio en tu vida, pero has sido valiente y te admiramos mucho.

Esas palabras le tocan el corazón y las lágrimas comienzan a brotar.

—Gracias, mamá. Significa mucho para mí escuchar eso —dice emocionada.

Más tarde, por la noche, va a la misa del gallo. Caminando hacia la iglesia, admira los balcones decorados. Dentro de un apartamento puede ver un árbol de Navidad y un antiguo candelabro colgado en el techo. La luz es cálida y Anna imagina a las personas allí, compartiendo la cena navideña con su familia.

Al entrar a la iglesia, el sonido suave de los villancicos y la luz tenue de las velas crean un ambiente acogedor. Ve a Mercedes y a su hijo con su esposa y dos hijas. Todos van elegantes y las niñas están preciosas con sus vestidos y zapatos nuevos. Se saludan y se desean feliz Navidad. Anna siente una ligera melancolía al observar la calidez de la reunión familiar. Sin embargo, en la misa encuentra consuelo en la espiritualidad y la conexión con aquellos que, aunque muy lejos, comparten el mismo espacio sagrado en ese momento.

Después de la misa regresa a casa y, a pesar de la sensación de soledad, encuentra cierta paz en la tranquilidad de la noche.

GLOSSARY

NOCHEBUENA (f.)
Christmas Eve

ACABADO (m.)
finish, coating

PULIDO/-A (m./f.)
polished, glossy

TOPACIO (m.)
topaz

INTRINCADO/-A (m./f.)
intricate, complex

TALLA (f.)
carving, engraving

BROTAR
to sprout, to well up

VALIENTE (m./f.)
brave, courageous

MISA DEL GALLO (f.)
midnight mass
CANDELABRO (m.)
chandelier
VILLANCICO (m.)
Christmas carol

33.

Tras la llegada del nuevo año la rutina diaria se instala otra vez en la vida de Anna. Trabaja y tiene sus clases de yoga. Las tentaciones de la temporada festiva, especialmente los excesos de chocolate, han dejado huella en su ánimo y propósito de mantener hábitos alimenticios saludables.

La lucha por retomar una dieta equilibrada se mezcla con el ambiente tranquilo de los días de enero. Determinada a no permitir que los kilos se acumulen, sigue con sus responsabilidades diarias y las prácticas de yoga que tanto la reconfortan.

En una de las clases vespertinas había visto a una nueva compañera, Lena, que es de Suecia. Al descubrir que ambas se han venido solas a vivir a España, surge una conexión instantánea. Después de algunas conversaciones casuales y cafés después del yoga, Anna la invita a tomar una copa de vino. Como en el apartamento hace frío, Anna le sugiere que venga abrigada.

Lena llega vestida con unas mallas gruesas, un enorme suéter y calcetines de lana. Al verse las dos, Anna no puede evitar reírse y comentar que es evidente que son de países nórdicos. Lena confiesa que incluso lleva otro par de calcetines en el bolso. También ha traído una botella de vino exquisito y una ensalada que ha preparado.

Las velas crean un cálido ambiente y cuando Lena observa la vista desde el balcón, queda impresionada. Comenta que comprende por qué Anna eligió ese apartamento y también elogia el hermoso suelo hidráulico. Sin embargo, se nota el frío que hace.

La ensalada está deliciosa. Mientras saborean el vino y disfrutan de la cena, hablan sobre la vida en Cartagena y Anna expresa lo agradable que es pasar una noche tranquila en casa, algo que no siempre es común en la cultura española.

—¿Sabes?, aquí la gente sale mucho, especialmente por las noches. Pero para mí a veces es más reconfortante quedarse en casa, encender velas, disfrutar de una buena comida con algunos amigos y relajarme simplemente.

—¡Exacto! En Suecia también se valora mucho la comodidad del hogar. No es necesario salir para pasarlo bien. Además, con este frío, quedarse en casa es una maravilla.

—Sí, totalmente de acuerdo, aunque debo admitir que en este apartamento suele hacer más frío que fuera.

—¡Es verdad! ¡Debes hacer algo! No tiene sentido pasar frío en casa.

—Sí, bueno, a lo mejor tengo que mudarme antes del próximo invierno. ¿Y entonces en Suecia también pasas noches tranquilas como esta?

—¡Claro! A veces es justo lo que necesitas, ¿verdad? Y, además, evitas el bullicio de la ciudad.

Pasan las horas y luego Lena empieza a recoger sus cosas. Dice que lamentablemente tiene que irse para sacar al perro.

—Gracias por una noche tan encantadora. Deberíamos repetirla más veces.

—¡Desde luego! Ha sido genial tenerte aquí. Y sí, tenemos que repetir. ¡Que tengas un buen paseo con tu perro!

—Gracias. ¡Hasta luego, nos vemos en la clase!

GLOSSARY

ÁNIMO (m.)
mood, spirit

PROPÓSITO (m.)
purpose, goal

SALUDABLE (m./f.)
healthy

LUCHA (f.)
struggle, fight

DIETA EQUILIBRADA (f.)
balanced diet

VESPERTINO/-A (m./f.)
evening, afternoon

SUECIA (f.)
Sweden

ABRIGADO/-A (m./f.)
dressed warmly

MALLAS (f. pl.)
leggings

ELOGIA
praises

34.

Los días pasan, marcados por la monotonía, hasta que una tarde, a finales de enero, se oyen unos inesperados golpes en la puerta de Anna. Al abrirla, una sonrisa le ilumina el rostro al ver a Juan con un brillo especial en los ojos.

—¡Hola! He vuelto y quería saludarte.

Anna, sorprendida y feliz, le da la bienvenida.

—Oye —dice Juan con una mirada de complicidad—, he estado pensando en algo. Pronto llegará la temporada de floración de los almendros. Como sabes, tengo una casa en la sierra, cerca de Lorca. ¿Te gustaría venir?

Aún asimilando la sorpresa, Anna responde con curiosidad:

—Suena maravilloso. Pero ¿por qué piensas en mí para eso?

Él sonríe.

—Bueno, porque creo que disfrutarías de la paz y la belleza que hay tanto como yo. Además, me encantaría que conocieras un poco más de mi vida, de lo que me inspira.

La emoción la inunda al aceptar la invitación. Planean el viaje para el siguiente sábado por la tarde, justo después de que Anna termine de trabajar.

—¡Entonces nos vemos el sábado! —exclama con los ojos brillantes.

—¡Exactamente! Será una escapada perfecta para desconectar y admirar los almendros en flor.

Mientras cierra la puerta tras la marcha de Juan, el corazón le late acelerado y una tormenta de pensamientos le inunda la mente.

«Esto es algo importante», reflexiona. «Una invitación a su casa solos los dos no puede ser amistad únicamente. Sería extraño si no hay algo más. ¿Será posible que sienta lo mismo que yo?».

La incertidumbre y la esperanza se le entrelazan en el corazón mientras empieza a vislumbrar las posibilidades que dé ese viaje. La idea de descubrir más sobre la vida de Juan, de compartir momentos en ese lugar en las montañas, le produce una mezcla de nerviosismo y expectación.

GLOSSARY

INUNDAR
to flood, to overwhelm

ESCAPADA (f.)
getaway, escape

DESCONECTAR
to disconnect, to unwind

35.

El resto de la semana avanza lentamente y Anna apenas puede concentrarse en el trabajo.

Por fin llega la tan esperada tarde del sábado. Se prepara para el encuentro. Viste ropa cómoda y lleva una bolsa con lo esencial para el fin de semana.

Cuando Juan llama, siente un cosquilleo en el estómago. Abre la puerta y sus miradas transmiten promesas.

—¿Lista para nuestra pequeña aventura? —le pregunta y Anna asiente con una sonrisa nerviosa.

Se dirigen al coche. La tarde se despliega ante ellos con el cielo pintado de tonos cálidos.

Una hora después llegan a Lorca. Tienen que hacer una breve parada en el supermercado a comprar para esos días. Caminan por los pasillos, escogiendo productos para las comidas y algún que otro capricho. Entonces Anna decide aprovechar el momento.

—Oye, hay algo que deberías saber —dice con cierta timidez. Juan, intrigado, la mira esperando a que continúe—. Soy vegetariana, o casi —confiesa con una sonrisa incierta.

La expresión de él pasa de la curiosidad al asombro y luego a una especie de risueña confusión.

—¿En serio? —En su rostro se dibuja una mezcla de sorpresa y diversión—. ¿Desde cuándo?

Anna ríe nerviosa.

—Bueno, desde hace bastante tiempo. Pero no quería decirlo antes, me daba un poco de vergüenza.

Después de un momento de silencio Juan sonríe y exclama en tono juguetón:

—¡Vaya, y en casa de mis padres comiste carne! ¿Cómo es eso?

Ella, ruborizada, confiesa:

—Pues no quería que pensaras que era una invitada difícil, así que... fingí que me gustaba.

Juan suelta una risa contagiosa.

—¡Increíble! Deberías haberlo dicho antes. Pero tranquila, en la casa de campo encontrarás opciones vegetarianas, ¡prometido!

La tarde desciende sobre las colinas mientras el coche zigzaguea por el camino de tierra, llevándolos más allá de las exuberantes montañas y bosques de pinos. Anna, asombrada por el paisaje, ya tiene ganas de ver la casa de Juan. Cuando llegan se queda sin aliento al contemplar la maravillosa vivienda rústica que se alza en la cima de la colina. No es muy grande, pero emana una fusión perfecta entre lo antiguo y lo renovado.

—¡Bienvenida a mi refugio en las montañas! —exclama Juan al ver su reacción de asombro.

Al abrir la puerta principal, los reciben la amplitud y luminosidad del espacio. Las grandes puertas corredizas y ventanas del salón se abren a una terraza inmensa que ofrece vistas espectaculares de las colinas ondulantes y los densos bosques de pinos. El sol comienza a despedirse, pintando el cielo con tonos cálidos que se filtran a través de los árboles.

—¡Oh, es increíble! —exclama Anna recorriendo las habitaciones.

El interior refleja los gustos de Juan. Los cambios hechos son evidentes, con espacios abiertos y una decoración cuidadosamente elegida. Los colores armonizan a la perfección y cada detalle parece meticulosamente pensado.

En el salón hay un sofá grande de terciopelo morado desgastado que invita a descansar. Junto a él, un gran pote de barro amarillo de terracota vidriada añade un toque de autenticidad y antigüedad al ambiente. En el suelo un enorme tapete oriental también antiguo con hermosos colores apagados adorna el espacio y proporciona una calidez y elegancia únicas.

—¿Te gusta? —le pregunta Juan, notando su admiración.

—Me encanta. Este tapete y ese pote… ¿son antiguos?

Anna se inclina para verlos más de cerca. Juan asiente:

—Sí, son piezas antiguas. Me gusta mezclar lo antiguo con lo moderno. Creo que le da a la casa un carácter único.

Pero lo que de verdad cautiva a Anna es la pared detrás del sofá donde una escena pintada directamente en la pared parece emerger de una historia. Casi como un antiguo fresco con colores mates muestra la figura de un gran árbol y aves, una composición que evoca la serenidad de un paisaje japonés. Es una obra que se extiende desde la esquina y se acerca al techo, como si hubiera estado allí durante siglos.

—¿Qué piensas? —Juan capta de nuevo su asombro.

—Es... es simplemente maravillosa. —Anna examina cada detalle—. ¿Y quién la hizo?

—Fui yo —admite con modestia—. Quería darle un toque personal a este espacio. ¿Te gusta?

Ella, aún maravillada, asiente.

—Sí. No tenía idea de que también fueras un pintor tan talentoso.

El crepitar del fuego en la chimenea llena la sala de estar con un reconfortante calor mientras las sombras de la tarde se filtran a través de las ventanas. Juan ha encendido el fuego y los tonos anaranjados danzan en las paredes, creando un acogedor ambiente.

—Ese es tu cuarto. —Señala hacia la habitación cercana.

Allí Anna encuentra una cómoda cama y detalles encantadores que sugieren la atención de él por cada parte de la casa. Después de dejar el bolso y refrescarse un poco, regresa al salón, donde Juan ha preparado una cena improvisada. Una botella de vino descorchada emite un suave pop y en la mesa hay una tentadora selección de sabores.

—Espero que te guste —le dice sirviendo el vino en las copas.

En la bandeja hay rebanadas de pan crujiente, quesos variados, lonchas de jamón y una exquisita mermelada de higos. La combinación de aromas llena el aire y la mesa se convierte en un pequeño festín preparado con esmero.

—¡Qué maravilla! —exclama Anna, tomando asiento junto al fuego.

—Quería que te sintieras como en casa. Es una lástima que no comas carne, porque este jamón es delicioso, pero no te preocupes, yo me encargaré de disfrutarlo por ti —sonríe él mientras sirve las porciones en la bandeja. Luego alza la copa—. ¿Hacemos un brindis por este fin de semana?

Más tarde la sorprende por completo.

—Tengo que confesarte algo. Mientras estaba en Madrid, no dejaba de pensar en ti y te echaba de menos —dice con una expresión honesta y un matiz de vulnerabilidad que no había mostrado antes.

Esas palabras resuenan en el aire, creando un momento de silencio que Anna no tarda en llenar con una sonrisa genuina y cálida.

—Juan, eso es muy dulce de tu parte. Yo también te he echado de menos y me siento muy contenta por estar aquí juntos ahora —responde con sinceridad y una chispa de emoción reflejada en los ojos.

Juan la mira con seriedad antes de hablar.

—Quizás hayas notado que me muestro un poco cauteloso en las relaciones. Es que tuve una novia durante muchos años. Era madre soltera con dos hijos. —Baja la vista un momento antes de continuar—. Fueron buenos años y formamos una especie de familia, pero, con el tiempo, las cosas cambiaron. Ella tenía la responsabilidad de criar a sus hijos y yo, bueno, comencé a centrarme más en mi carrera y en otros aspectos de mi vida. Creo que ambos tomamos caminos distintos, con objetivos y prioridades que se fueron distanciando. Hubo amor, sí, pero también desafíos que no pudimos superar. —Suspira, como si el recuerdo aún le pesara en los pensamientos—. A veces, las relaciones nos enseñan mucho sobre nosotros mismos y sobre lo que buscamos realmente en la vida. Desde entonces me he vuelto más prudente, más consciente de las dificultades que pueden surgir en una relación a largo plazo. Pero aquí estoy, compartiendo esto contigo.

—Juan, te agradezco que me lo cuentes. Todos tenemos historias complicadas, ¿verdad? Creo que es valiente afrontarlas y seguir adelante. Y sí, cada relación nos enseña algo nuevo.

El ambiente se vuelve más íntimo y cercano. La noche avanza mientras toman vino y hablan sobre la vida.

Luego Juan se pone de pie y extiende una mano hacia Anna.

—Creo que sería bueno ir a dormir —le dice con una suave sonrisa—. Mañana quiero enseñarte algo al amanecer. ¿Te parece?

Anna asiente descubriendo la chispa de emoción en sus ojos.

—Claro, estoy intrigada. ¿Qué es?

—Los almendros. Pero necesitamos estar descansados para admirarlos bien —responde guiándola hacia la habitación.

El ambiente está cargado de una anticipación amorosa mientras se despiden. Cada uno se va a su habitación, con anhelo por la cercanía que solo puede brindar compartir el mismo espacio.

En la penumbra de aquella casa en la montaña Anna se recuesta en la cama pensando en ese día y la compañía de Juan. Una luz de expectación le brilla en los ojos mientras mira al techo. La noche ha sido especial.

Se oye el susurro del viento en los pinos y el crepitar de la chimenea mientras la casa en la montaña se envuelve en la quietud de la noche.

GLOSSARY

COSQUILLEO (m.)
tickle, tingling

DESPLIEGA
unfolds

ESCOGIENDO
choosing

CAPRICHO (m.)
treat

RISUEÑO/-A (m./f.)
smiling

DIVERSIÓN (f.)
amusement

JUGUETÓN, JUGUETONA (m./f.)
playful

FINGÍ
I pretended

FUSIÓN (f.)
fusion, blend

AMPLITUD (f.)
spaciousness

CORREDIZO/-A (m./f.)
sliding

METICULOSAMENTE
carefully

TERCIOPELO (m.)
velvet

TAPETE (m.)
rug, carpet

CREPITAR (m.)
crackling

ANARANJADO/-A (m./f.)
orange-colored

DANZAN
dance

REBANADA (f.)
slice

CRUJIENTE (m./f.)
crusty

LONCHA (f.)
slice

HIGO (m.)
fig

CON ESMERO
with care

MATIZ (m.)
tinge

DESAFÍO (m.)
challenge

PRUDENTE (m./f.)
cautious

ANHELO (m.)
longing, yearning

PENUMBRA (f.)
shadow, dusk

36.

A la mañana siguiente Juan va a despertar a Anna, pero al entrar en la cocina, se sorprende al encontrarla preparando café. Una sonrisa le ilumina el rostro a ella al verlo.

—¡Buenos días! Me he sentido como en casa y he decidido tomármelo mirando el hermoso paisaje y la luz de la mañana.

Juan sonríe en respuesta.

—¡Qué bien que te sientas cómoda! Yo también me tomo uno, pero podemos desayunar más tranquilamente después. Primero me gustaría que diéramos un paseo.

Anna asiente con entusiasmo.

—¡Me parece perfecto! ¿A dónde vamos?

—¡Ya verás!

La mañana avanza mientras caminan por la naturaleza, por los senderos de la montaña. El aire es fresco y los pájaros cantan.

De repente, un ave majestuosa cruza el cielo y atrae la atención de Juan.

—Mira, ¿la ves? —señala admirado—. Es un águila real, una de las aves protegidas que habitan esta zona. Es increíble verlas.

Anna se queda boquiabierta y sigue con la mirada su elegante vuelo.

—Nunca hubiera imaginado ver algo así. ¿Hay muchas aves por aquí?

Juan asiente mientras continúan andando.

—Sí, hay palomas y perdices, pero también otras protegidas como el búho real, el águila real y el halcón peregrino. Además, este es un hábitat de diversos animales como cabras montesas, zorros, jabalís, conejos y liebres.

A medida que avanzan, el paisaje verde se extiende con la promesa de algo más grandioso en el horizonte. Las montañas se irguen con majestuosidad en tonos naturales que cambian con las luces matutinas.

Al llegar a una elevación, Juan señala hacia el valle donde se despliega una maravilla efímera: campos de almendros en plena floración. Las flores blancas y rosadas pintan el paisaje mientras las abejas las polinizan con dedicación.

—Esto es lo que quería enseñarte. Un espectáculo de la naturaleza que dura solo unas semanas —dice admirando también el cuadro ante sus ojos.

Un silencio respetuoso se instala entre ellos mientras absorben esa belleza. El tiempo parece detenerse y les permite saborear el momento en su plenitud. Las montañas, el cielo azul y las flores crean una armonía única. Es como si la naturaleza les ofreciera un regalo, una paleta de colores y sonidos que solo se manifiesta en esta temporada fugaz.

Juan se acerca a Anna y la toma de las manos. Están rodeados por la fragancia de los almendros y el zumbido de las abejas. En esta hermosa escena, dispuesta por la lógica del caos y la belleza, Juan la mira intensamente y le pregunta:

—¿Te imaginas vivir aquí conmigo?

GLOSSARY

ÁGUILA REAL (f.)
golden eagle

MAJESTUOSO/-A (m./f.)
majestic

PERDIZ (f.)
partridge

BÚHO REAL (m.)
eagle owl

HALCÓN PEREGRINO (m.)
peregrine falcon

CABRA MONTESA (f.)
ibex

ZORRO (m.)
fox

JABALÍ (m.)
wild boar

IRGUEN
rise

EFÍMERO/-A (m./f.)
ephemeral, fleeting

EN PLENA FLORACIÓN
in full bloom

ABEJA (f.)
bee

POLINIZAN
pollinate

TEMPORADA (f.)
season

FUGAZ (m./f.)
fleeting

ZUMBIDO (m.)
hum

DISPUESTA POR LA LÓGICA DEL CAOS Y LA BELLEZA
arranged by the logic of chaos and beauty

¿Te imaginas vivir aquí conmigo?
Could you imagine living here with me?

COMPLETE GLOSSARY

ABEJA (f.)
bee

ABRAZARLA (ABRAZAR)
embrace her

ABRIGADO/-A (m./f.)
dressed warmly

ABRIGA (ABRIGAR)
wraps up

ACABADO (m.)
finish, coating

ACARICIAN (ACARICIAR)
caress

ACCIONAR
to activate

ACOGIDO/-A (m./f.)
welcomed

ADENTRAN (ADENTRAR)
enter

ADORNO (m.)
ornament, decoration

AFICIÓN (f.)
hobby, interest

AFRONTAR LA SITUACIÓN
to face the situation

AGRANDAN (AGRANDAR)
widen

AGRIDULCE
bittersweet

ÁGUILA REAL (f.)
golden eagle

AJENO/-A (m./f.)
unaware

AJETREO (m.)
hustle

ALA (f.)
wing

A LARGO PLAZO
in the long term

ALBERCA (f.)
pool

ALBERGABA (ALBERGAR)
housed, accommodated

ALEJÁNDOSE EN COCHE (ALEJARSE)
driving away

ALGO QUE SE AJUSTARA A SUS CRITERIOS (AJUSTAR)
something that fits her criteria

ALIADO/-A (m./f.)
ally

ALINEAR
to align

AL INSTALARSE EN
as she settles in

ALIVIADO/-A (m./f.)
relieved

ALIVIARLA (ALIVIAR)
to give her relief

ALIVIO (m.)
relief

ALMA (f.)
soul

AL MENOS
at least

ALZAN (ALZAR)
rise, lift

AMANECER (m.)
dawn

AMPLIO/-A (m./f.)
wide
AMPLITUD (f.)
spaciousness
AÑADE (AÑADIR)
adds
AÑADIRÍA
would add
ANARANJADO/-A (m./f.)
orange-colored
ÁNFORA (f.)
amphora
ANGOSTO/-A (m./f.)
narrow
ANHELO (m.)
longing, yearning
ANIMA (ANIMAR)
encourages
ÁNIMO (m.)
mood, spirit
APENAS
barely
A PESAR DE
despite
APOYO (m.)
support, backup
APROVECHA (APROVECHAR)
takes advantage of
APUESTO/-A (m./f.)
handsome
ARBUSTO (m.)
bush
ARCO (m.)
arch
ARGAMASA (f.)
mortar, cement
ARRIATE (m.)
flower bed
ARRUINE (ARRUINAR)
ruin
ASCENSIÓN (f.)
ascent
ASIENTE (ASENTIR)
nods
ASOMBRO (m.)
amazement
ASOMBROSO/-A (m./f.)
amazing
ATISBO (m.)
hint
ATRAVIESAN (ATRAVESAR)
they walk through
AUDAZ (m./f.)
bold
AUSENCIA (f.)
absence
AVE (f.)
bird
AVERIGUAR
to find out
AVÍSAME (AVISAR)
let me know
AYUNTAMIENTO (m.)
town hall, city hall
AZAFRÁN (m.)
saffron
AZULEJO CON PATRONES (m.)
patterned tile
BALANCEÁNDOSE (BALANCEARSE)
swaying/swinging
BANCO DE ARENA (m.)
sandbank

BARANDA (f.)
railing

BASTÓN DE MADERA (m.)
wooden cane

BATIENDO (BATIR)
beating

BELÉN (m.)
nativity scene

BIEN ESCONDIDO/-A (m./f.)
well hidden

BIENESTAR (m.)
well-being

BOCETO (m.)
sketch, draft

BOMBARDEO (m.)
bombing

BORDADO/-A (m./f.)
embroidered

BOTÓN (m.)
button

BÓVEDA (f.)
vault

BRINDE (BRINDAR)
provides

BRINDIS (m.)
toast

BRISA (f.)
breeze

BROTAR
to sprout, to well up

BÚHO REAL (m.)
eagle owl

BULLICIO (m.)
hustle and bustle

CABE (CABER)
fits

CABRA MONTESA (f.)
ibex

CADA VEZ QUE
every time

CAJITA (f.)
small box

CALENTAMIENTO (m.)
warm-up

CÁLIDO/-A (m./f.)
warm

CALLEJUELA (f.)
alley, narrow street

CAMPANA (f.)
bell

CÁÑAMO (m.)
hemp

CANDELABRO (m.)
chandelier

CAPA (f.)
layer

CAPILLA (f.)
chapel

CAPRICHO (m.)
treat

CARTEL (m.)
sign

CASA DE TÉ (f.)
teahouse

CAUTIVADO/-A (m./f.)
captivated

CÁVEA (f.)
cavea (tiered seating in an ancient Roman theater)

CELOS (m.)
jealousy

CELOSO/-A (m./f.)
jealous

CENTELLEAN (CENTELLEAR)
sparkle

CERRO (m.)
hill

CERTEZA (f.)
certainty

CHISPA (f.)
spark

CHISPAS DE CHOCOLATE (f. pl.)
chocolate chips

CHURRERÍA (f.)
churro shop

CITA (f.)
appointment

CLAUSTRO (m.)
cloister

CLAXON (m.)
car horn

COJÍN (m.)
cushion

COLLAR (m.)
necklace

COLOCA (COLOCAR)
places, puts

COMBATIR
to fight

COMIENZA A NOTARSE (COMENZAR A NOTARSE)
starts to feel

CÓMO DEMONIOS
how the hell

COMPARTE (COMPARTIR)
share

COMPROMISO (m.)
commitment

CON CRECES
by far

CON EMBOZO DE ENCAJE (m.)
with lace trim

CON ESMERO
with care

CONJUNTO (m.)
outfit, set

CONSIGUE (CONSEGUIR)
manages

CONSUELO (m.)
comfort, consolation

CONTRATIEMPO (m.)
setback

COPA (f.)
top

CORREDIZO/-A (m./f.)
sliding

CORTADO (m.)
espresso with a small amount of milk

COSQUILLEO (m.)
tickle, tingling

CRECIENTE (m./f.)
growing

CREPITAR (m.)
crackling

CRUCERO (m.)
cruise ship

CRUJIENTE (m./f.)
crusty

CUANTO ANTES
as soon as possible

CUELLO (m.)
neck

CUELLO ALTO (m.)
turtleneck

CUENCO (m.)
bowl

CUENTO (m.)
tale

CUERNO (m.)
horn

CUERO (m.)
leather

CUERVO (m.)
crow

CUESTA (COSTAR)
it's difficult

CULPARTE (CULPARSE)
to blame yourself

DANDO VUELTAS (DAR VUELTAS)
wandering around

DANZAN (DANZAR)
dance

DÁTIL (m.)
date

DA VUELTAS (DAR VUELTAS)
is spinning

DEAMBULA (DEAMBULAR)
wanders

DEBIDO A
due to

DEBILIDAD (f.)
weakness

DECEPCIÓN (f.)
disappointment

DECEPCIONA (DECEPCIONAR)
disappoints

DECEPCIONANTE (m./f.)
disappointing

DEGUSTAN (DEGUSTAR)
taste

DEJE (m.)
tone, nuance

DELANTAL (m.)
apron

DE MANERA SUELTA
loosely

DÉMOSLE (DAR)
let's give her

DE REOJO
out of the corner of her eye

DESAFÍO (m.)
challenge

DESANIMADO/-A (m./f.)
discouraged

DESCONECTAR
to disconnect, to unwind

DESCONOCIDO/-A (m./f.)
stranger

DESCUBRE (DESCUBRIR)
finds out

DESGASTADO/-A (m./f.)
worn

DESILUSIONADO/-A (m./f.)
disappointed

DESLUMBRANTE
dazzling, stunning

DESPACHO (m.)
office (as in a personal office)

DESPLIEGA
deploys, spreads out

DESPLIEGA (DESPLEGAR)
unfolds

DESTELLA (DESTELLAR)
sparkle

DESTELLO (m.)
flash

DESTILAN (DESTILAR)
exude
DEVOTO, DEVOTA (m./f.)
devotee
DEVUELVE (DEVOLVER)
brings back
DIETA EQUILIBRADA (f.)
balanced diet
DIFUMINADO/-A (m./f.)
blurred
DIME (DECIR)
tell me
DIMINUTO/-A (m./f.)
tiny
DISIPANDO (DISIPAR)
dissipating
DISPERSO/-A (m./f.)
scattered, dispersed
DISPUESTA POR LA LÓGICA DEL CAOS Y LA BELLEZA
arranged by the logic of chaos and beauty
DISPUESTO/-A (m./f.)
willing, ready to
DIVERSIÓN (f.)
fun, amusement
DIVISA (DIVISAR)
spots
DOMINA (DOMINAR)
masters
DORADO/-A (m./f.)
golden
DORMILÓN, DORMILONA (m./f.)
sleepyhead
DURADERO/-A (m./f.)
durable
ECHE UN VISTAZO (ECHAR UN VISTAZO)
to take a look
EFÍMERO/-A (m./f.)
ephemeral, fleeting
EL CASCANUECES
The Nutcracker
ELECCIÓN (f.)
choice
ELOGIA (ELOGIAR)
praises
EMBELLECER
to beautify
EMPEDRADO/-A (m./f.)
cobbled
EMPEORAR
to worsen
EMPINADO/-A (m./f.)
steep
EMPRENDEN (EMPRENDER)
they begin
ENCAJAR
fit
ENCANTADOR/-A (m./f.)
charming
ENCANTO (m.)
charm
ENCANTO DE ANTAÑO
charm of yesteryear
ENCARGADO/-A (m./f.)
person in charge
ENCENDERÁN (ENDENDER)
will light up
ENCIMERA (f.)
countertop

ENCUENTRO (m.)
encounter
ENCURTIDO (m.)
pickle
ENFRENTAR
to face
EN PLENA FLORACIÓN
in full bloom
ENTORNO (m.)
environment
ENTUSIASMADO/-A (m./f.)
excited
EQUILIBRIO (m.)
balance
ESBOZA UNA SONRISA (ESBOZAR)
crack a smile, force a smile
ESCALOFRÍO (m.)
shiver, chill
ESCAPADA (f.)
getaway, escape
ESCASO/-A (m./f.)
scarce
ESCOGIENDO (ESCOGER)
choosing
ESCOGISTE (ESCOGER)
you chose
ESCONDERSE (ESCONDER)
to hide
ESMALTE (m.)
enamel
ESPECIA (f.)
spice
ESPESO/-A (m./f.)
thick, dense
ESTÁ TEÑIDO/-A (m./f.) **(TEÑIR)**
is dyed
ESTERILLA (f.)
mat
ESTETA (m./f.)
art-lover
ESTRECHO/-A (m./f.)
narrow
ESTRIDENTE (m./f.)
strident
ESTROPEO
ruin
ÉXITO (m.)
success
EXTRAÑO/-A (m./f.)
strange
EXUBERANTE (m./f.)
lush
FACHADA (f.)
facade
FALLECIÓ (FALLECER)
passed away
FAROLILLO (m.)
lantern
FE (f.)
faith
FINCA (f.)
estate, farm
FINGÍ (FINGIR)
I pretended
FLOR DE PASCUA (f.)
poinsettia
FLUYE (FLUIR
flows
FONTANERO/-A (m./f.)
plumber
FORMA (f.)
way

FORTALECER
to strengthen
FREGADERO (m.)
sink
FRIALDAD (f.)
coldness
FRONDA (f.)
foliage, frond
FUENTE (f.)
fountain
FUGAZ (m./f.)
fleeting
FUSIÓN (f.)
fusion, blend
GACELA (f.)
gazelle
GALLINA (f.)
hen
GARBANZO (m.)
chickpea
GAVIOTA (f.)
seagull
GENIAL (m./f.)
great
GENIO (m.)
genius
GESTO (m.)
gesture
GLOTÓN, GLOTONA (m./f.)
greedy
GLÚTEO (m.)
buttock
GORRIÓN/GORRIONA (m./f.)
sparrow
GRACIA (f.)
elegance, grace
GRAVE (m./f.)
serious
GRÚA (f.)
crane
GRUESO/-A (m./f.)
thick
GUIÑA (GUIÑAR)
winks
GUSTO (m.)
taste
HABÍA RECHAZADO (RECHAZAR)
had rejected
HABILIDAD (f.)
skill
HA DESCUBIERTO (DESCUBRIR)
has discovered
HA DORMIDO DE UN TIRÓN (DORMIR)
has slept through the night
HALAGO (m.)
flattery
HALCÓN PEREGRINO (m.)
peregrine falcon
HELADO/-A (m./f.)
icy, cold
HELADOR, HELADORA (m./f.)
freezing, icy
HERENCIA (f.)
heritage
HERRAMIENTA (f.)
tool
HIERRO FORJADO (m.)
wrought iron
HIGO (m.)
fig

HOGAR (m.)
home

HOJEAR
to browse

HUELLA (f.)
footprint

HUERTO (m.)
orchard

HUIR
to flee

HUMEANTE (m./f.)
steaming

IMPREGNADO/-A (m./f.)
impregnated, filled

INCERTIDUMBRE (f.)
uncertainty

INCLUSO
even

INCOMODIDAD (f.)
inconvenience

INFLUENCIAS BIZANTINAS E ILUSTRADAS
Byzantine and Enlightenment influences

INFUSIÓN (f.)
infusion, herbal tea

INGENUIDAD (f.)
innocence

INGENUO/-A (m./f.)
naive, innocent

INMÓVIL (m./f.)
motionless

INQUIETO/-A (m./f.)
restless

INQUIETUD (f.)
anxiety

INTRINCADO/-A (m./f.)
intricate, complex

INTUYE (INTUIR)
senses

INUNDADO/-A (m./f.)
flooded

INUNDAR
to flood, to overwhelm

INVERTIDO/-A (m./f.)
invested

IRGUEN (ERGUIR)
rise

IRREAL
unreal

JABALÍ (m.)
wild boar

JUGUETÓN, JUGUETONA (m./f.)
playful

JUNTA (f.)
joint

JUSTO
just

LA AGOBIA (AGOBIAR)
overwhelms her

LA CURIOSIDAD LE PICA (PICAR)
curiosity is getting the better of her

LA ENVUELVE (ENVOLVER)
surrounds her

LAGO (m.)
lake

LAMENTO (LAMENTAR)
I'm sorry

LANA (f.)
wool

LA TIENTAN (TENTAR)
tempt her

LATIR
to beat

LAZO (m.)
bond

LEAL (m./f.)
loyal

LEGADO (m.)
legacy

LE HARÁ ILUSIÓN VERTE (HACER ILUSIÓN)
will be excited to see you

LEJANO/-A (m./f.)
distant

LE QUITA EL ALIENTO (QUITAR EL ALIENTO)
it takes her breath away

LETRERO (m.)
sign

LIDIANDO CON (LIDIAR)
dealing with

LIEBRE CON GURULLOS (m.)
hare with fried flour balls

LIENZO (m.)
canvas

LIGERAMENTE
slightly

LINO (m.)
linen

LLAMATIVO/-A (m./f.)
striking, eye-catching

LLEVA ABIERTO (LLEVAR)
it has been open

LOCAL (m.)
place

LO DEVORÓ (DEVORAR)
devoured it

LO INUNDA TODO (INUNDAR)
fills everything

LO LOGRA (LOGRAR)
manages to do it

LOMA (f.)
hill

LONCHA (f.)
slice

LUCHA (f.)
struggle, fight

MACETA (f.)
pot

MACIZO (m.)
massif

MAJESTUOSO/-A (m./f.)
majestic

MALLAS (f. pl.)
leggings

MANCHA (f.)
stain

MANGA (f.)
sleeve

MANZANA (f.)
block (in the context of a city block)

MÁS LLEVADERO/-A (m./f.)
more bearable

MATIZ (m.)
tinge

MATUTINO/-A (m./f.)
morning

MÁXIMA (f.)
maxim, fundamental principle

MEDIR
to measure

MENTE (f.)
mind

ME PREGUNTABA (PREGUNTARSE)
I was wondering

METICULOSAMENTE
carefully

MEZCLA (f.)
mixture

MIENTRAS TANTO
meanwhile

MISA DEL GALLO (f.)
midnight mass

MODALES (m. pl.)
manners

MOJADO/-A (m./f.)
wet

MOJAMA (f.)
salted fish

MOLESTIA (f.)
inconvenience

MONJA (f.)
nun

MONJE (m.)
monk

MORADA (f.)
household

MORISCO/-A (m./f.)
Moorish

MOZÁRABE
Mozarabic

MUDÉJAR
Mudéjar (architectural style)

MUELLE (m.)
dock, pier

MUESTRA
shows

MURMULLO (m.)
murmur

MURO (m.)
wall

MUSLO (m.)
thigh

NAPOLITANA (f.)
(chocolate) croissant

NIEGA (NEGAR)
denies

NOCHEBUENA (f.)
Christmas Eve

NOGAL (m.)
walnut tree

NO LO DEJES (DEJAR)
don't stop

NO OBSTANTE
nevertheless

NO TE PREOCUPES (PREOCUPARSE)
don't worry

NOVEDAD (f.)
news

NUDO (m.)
knot

OBLIGADO/-A (m./f.)
forced to

OLA (f.)
wave

OPUESTO/-A (m./f.)
opposing

ORDENAR
to tidy up

PAELLERA (f.)
paella pan

PAISAJE (m.)
landscape

PALPABLE (m./f.)
palpable, noticeable

PAPÁ NOEL (m.)
Santa Claus

PARA COLMO
to top it all

PASTILLA (f.)
tablet

PAVONEARSE
to strut

PAVO REAL (m.)
peacock

PEDRERÍA (f.)
gemstone, rhinestone

PELAJE (m.)
fur

PENA (f.)
shame, grief

PENDIENTE (m./f.)
pending

PENUMBRA (f.)
shadow, dusk

PERDIZ (f.)
partridge

PEREGRINO (m.)
pilgrim

PEREJIL (m.)
parsley

PEREZOSO/-A (m./f.)
lazy

PERPLEJIDAD (f.)
bewilderment

PERSIANA (f.)
blind

PERTENECEMOS (PERTENECER)
we belong

PIAR
to chirp

PINCELADA (f.)
brushstroke

PLÁCIDAMENTE
peacefully

PLANTA (f.)
plant

PLUMA (f.)
feather

PODAR
to prune

POLINIZAN (POLINIZAR)
pollinate

POLVORÓN (m.)
shortbread cookie

PORFA
please (slang)

POR SUPUESTO
of course

PORTE (m.)
bearing, demeanor

POSTURA (f.)
pose

PRADO (m.)
meadow

PRENDA (f.)
garment, clothing

PREOCUPACIÓN (f.)
concern

PROFUNDIZAR
to deepen

PRÓJIMO (m.)
neighbor
PRONÓSTICO (m.)
forecast
PROPÓSITO (m.)
purpose, goal
PROYECTAN (PROYECTAR)
they design
PRUDENTE (m./f.)
cautious
PUESTO (m.)
stand
PULIDO/-A (m./f.)
polished, glossy
PUNTO DE QUIEBRA (m.)
breaking point
PUNZADA (f.)
twinge, pang
QUEDAN BOQUIABIERTOS (QUEDAR)
are amazed, speechless
QUEMADO/-A (m./f.)
burned out
QUIETUD (f.)
stillness
RACIÓN (f.)
portion
RÁFAGA (f.)
gust, burst
RAMA (f.)
branch
RASGO (m.)
feature, trait
REBANADA (f.)
slice
REBOSAN (REBOSAR)
overflow
RECELO (m.)
suspicion
RECHAZABA (RECHAZAR)
rejected
RECIÉN HORNEADO (HORNEAR)
freshly baked
RECINTO (m.)
enclosure
RECIPIENTE (m.)
container
RECORDATORIO (m.)
reminder
RECORRER
to explore
RECORRIDO (m.)
tour
RECORRIÉNDOLE
running down
RECORTADO/-A (m./f.)
cut out
RECUPERARSE
to recover
REFRÁN (m.)
saying
REGAÑADIENTES
reluctantly, unwillingly
REGUSTO (m.)
aftertaste
RENDIJA (f.)
crack
RENDIMIENTO (m.)
performance, yield
RENO (m.)
reindeer
RENOVADOR/-A (m./f.)
renewing

RENUNCIA (f.)
resignation
REPARTIÉNDOLAS (REPARTIR)
distributing them
REPOSTERÍA (f.)
pastry
RESALTAN (RESALTAR)
stand out
RESGUARDADO POR
sheltered, protected by
RESPIRACIÓN (f.)
breathing
RESULTA (RESULTAR)
turns out
RÍE A CARCAJADAS (REÍR)
laughs loudly
RIENDO
laughing
RISUEÑO/-A (m./f.)
smiling
RIZADO/-A (m./f.)
curly
RODEA (RODEAR)
surround
ROMPER
to break
ROSTRO (m.)
face
ROTULADOR (m.)
marker, felt-tip pen
RUBORIZADO/-A (m./f.)
blushing
SABIDURÍA (f.)
wisdom
SABOREA (SABOREAR)
savors
SALPICADOS DE PINTURA
paint-splattered
SALUDABLE (m./f.)
healthy

SÁNDALO (m.)
sandalwood
SE ABRUMA (ABRUMARSE)
gets overwhelmed
SE ABSTRAE (ABSTRAERSE)
abstracts
SE AVERGÜENZA (AVERGONZARSE)
is embarrassed
SE CUELA (COLAR)
filters
SE DA CUENTA (DARSE CUENTA)
realizes
SE DETIENE (DETENERSE)
stops
SE ENCUENTRA (ENCONTRARSE) EN UNA ENCRUCIJADA
is at a crossroads
SE ENFUNDA (ENFUNDARSE)
puts on
SE ENRAÍZAN (ENRAIZARSE)
are rooted
SE ENTRELAZAN (ENTRELAZARSE)
are intertwined
SEGUIDOS DE
followed by
SE HA CONVERTIDO (CONVERTIRSE)
has become
SE HARÍA CARGO (HACERSE CARGO)
would take charge

SE INTERPONE (INTERPONERSE)
gets in the way

SENCILLO/-A (m./f.)
simple

SENDA (f.)
path

SE PONE MANOS A LA OBRA (PONERSE)
gets to work

SERPENTEANTE (m./f.)
winding

SE SOBRESALTA (SOBRESALTARSE)
is startled

SE SONROJA (SONROJARSE)
blushes

SE TOPA (TOPARSE)
comes across a

SIGNIFICATIVO/-A (m./f.)
meaningful

SIN MÁS REMEDIO
without any choice

SOBREELEVADO/-A (m./f.)
raised

SOLAR (m.)
plot of land

SOLO CUMPLIR CON EXPECTATIVAS AJENAS
just fulfilling others' expectations

SORBO (m.)
sip

SUAVE (m./f.)
soft

SUAVEMENTE
gently

SUDOR (m.)
sweat

SUECIA (f.)
Sweden

SUELDO (m.)
salary

SUELE LEVANTARSE (SOLER LEVANTARSE)
usually gets up

SUELO DE GRES (m.)
tiled floor

SUELO HIDRÁULICO ORIGINAL (m.)
original hydraulic tile floor

SUJETA (SUJETAR)
holds onto

SUMERGIRSE
to immerse oneself

SUPERA (SUPERAR)
surpasses

SUPERVIVENCIA (f.)
survival

SURGEN (SURGIR)
arise

SUSPIRA (SUSPIRAR)
sighs

SUSURRO (m.)
murmur, whisper

TALLA (f.)
carving, engraving

TALLER (m.)
workshop, studio

TAPA (f.)
cover

TAPETE (m.)
rug, carpet

TAPIZ (m.)
tapestry

TEJIDO A MANO
hand-woven

TELA (f.)
fabric
TELÓN (m.)
curtain
TEMPORADA (f.)
season
TENGO EN CUENTA (TENER EN CUENTA)
take into account
TENUE (m./f.)
dim
TERCIOPELO (m.)
velvet
TESORO (m.)
treasure
TETERA (f.)
teapot
TEZ (f.)
complexion, skin
TIEMBLAN (TEMBLAR)
tremble
TIERNO/-A (m./f.)
tender
TINTE (m.)
dye
TINTINEA (TINTINEAR)
tinkles
TINTINEO (m.)
tinkling
TOCADOR (m.)
dressing table
TOPACIO (m.)
topaz
TOQUE (m.)
touch
TORBELLINO (m.)
whirlwind
TORTADA LORQUINA (f.)
layered sponge cake from Lorca
TOTALMENTE DE ACUERDO
totally agree
TRANSCURRE (TRANSCURRIR)
goes by
TRAPO (m.)
rag
TRAS DE SÍ
behind
TRAVESURA (f.)
mischief
TROPA (f.)
troop
TRUCO (m.)
trick
TUBERÍA (f.)
pipe
TÚ DIRÁS (DECIR)
you tell me, it's up to you
TUPATARKASTUS (WORD IN FINNISH)
"bunk inspection in the military"
TURRÓN (m.)
nougat
UBICACIÓN (f.)
location
ÚLTIMAMENTE
lately
UN BUEN TRECHO
a long way
VALIENTE (m./f.)
brave, courageous
VALIOSO/-A (m./f.)
valuable

VALOR (m.)
courage

VA MÁS ALLÁ (IR MÁS ALLÁ)
goes beyond

VARONIL (m.)
manly, masculine

VESPERTINO/-A (m./f.)
evening, afternoon

VIGA DE MADERA (f.)
wooden beam

VILLANCICO (m.)
Christmas carol

VÍNCULO (m.)
bond, connection

VISLUMBRA (VISLUMBRAR)
glimpse

VUELVE (VOLVER)
becomes

YESERÍA (f.)
plasterwork

ZAFIRO (m.)
sapphire

ZORRO (m.)
fox

ZUMBIDO (m.)
hum

¡POR EL AMOR DE DIOS!
for God's sake!

¿QUÉ LOCURA O DESATINO ME LLEVA A CONTAR LAS AJENAS FALTAS, TENIENDO TANTO QUE DECIR DE LAS MÍAS?
What madness or nonsense makes me speak of the faults of others, when there is so much to be said about my own?

¿TE IMAGINAS VIVIR AQUÍ CONMIGO?
Could you imagine living here with me?

ACKNOWLEDGEMENTS

I am immensely grateful to Núria, whose meticulous proofreading and insightful corrections have undoubtedly enhanced the quality of this book. Her dedication and attention to detail have made a significant impact on its final form.

To my partner, who stands by my side with unwavering love and support, I owe a debt of gratitude. While the journey to bring this book to fruition has been filled with challenges, your steadfast encouragement has been a beacon of strength, guiding me through the rough patches.

To all those who have offered encouragement, feedback, and assistance along the way, your contributions have not gone unnoticed. Each of you has played a vital role in the realisation of this endeavour, and for that, I am truly thankful.

Printed in Great Britain
by Amazon

53278079R00081